서간도에 들꽃 피다 〈5〉

이 한 권의 책을
이 땅의 모든 남성들에게
바칩니다.

서간도에 들꽃 피다 〈5〉

5권을 펴내며

북간도의 겨울은 빨리 찾아오나 봅니다. 9월말 용정의 명동학교를 찾아가는 길은 비바람이 거세게 불어 두껍지 않게 입고 간 옷자락을 연신 여며야 할 정도로 쌀쌀했습니다. 이의순, 이인순 애국지사는 이번 〈5권〉에서 다루는 분으로 이동휘 선생의 두 따님입니다. 용정하면 윤동주의 고향으로 알려졌지만 이곳은 20세기 초 독립운동을 위해 몰려든 조선인들로 중국의 그 어느 지역보다도 학문과 문화 수준이 높던 곳입니다.

"아 저기 잠깐 세워주세요"."여기도 세워주세요" 용정으로 들어가는 선바위 모퉁이에서도, 15만원 탈취사건 현장에서도 우리는 전세 택시기사에게 차를 세워 달라 했습니다. 용정시내에서 명동학교가 있는 명동촌으로 들어가는 길목에서 몇 번이나 차를 세울 때마다 중국인 운전사는 털털거리는 택시를 "끼익-"하고 세우며

사진을 찍는다고 수선을 떠는 우리를 말없이 기다려주었습니다.

용정은 그런 곳이었습니다. 아니 북간도는 이르는 곳마다 우리 겨레의 숨결이 곳곳에 새겨진 곳이지요. 여성독립운동가들의 발자취를 찾아가는 길은 늘 비포장도로를 달리는 낡은 세발 택시처럼 덜덜거렸습니다. 이번 〈5권〉을 위해서 찾아간 북간도 답사길에는 중국통이자 그 자신이 일제침략의 역사를 깊이 이해하는 도다이쿠코(戶田郁子, 도서출판 토향 대표) 작가와 함께 했습니다.

러시아와 중국 국경인 수분하역에서 우리는 이의순, 이인순 애국지사를 떠올렸으며 안중근의사를 비롯한 수많은 독립운동가들이 드나들었을 국경의 밤거리를 하릴없이 돌아보기도 했습니다. 또한 옛 국자가(현 연길시)거리에서 행여 여성독립운동가들의 흔적이라도 찾을 수 있을까 정처 없이 옛 문헌 한 장을 들고 오래도록 서성거렸습니다. 그러다가 만난 소영자(현, 소영촌) 마을의 한글 간판을 보고 감격의 눈물을 흘리기도 했습니다.

2014년 한 해는 여성독립운동가를 기리는 여러 행사가 있었습니다. 먼저 도쿄 한복판인 고려박물관(관장 히구치 유우지)에서 1월 29일부터 3월 30일까지 60일간 여성독립운동가를 기리는 시화전 "여명을 찾아서(夜明けを求めて)"가 열렸고, 3월 8일에는 고려박물관 설립 이래 가장 많은 170여명의 일본인 청중이 모인 가운데 한국의 여성독립운동가를 소개하는 뜻깊은 시간을 가졌습니다.

뿐만 아니라 10월 17일에는 도쿄 쵸후시에서 또 한 차례 항일여성독립운동가 특강 시간을 가져 '위안부' 밖에 모르던 일본인들에게 불굴의 의지로 나라를 지킨 한국여성들의 강인함을 소개하여 큰 관심을 불러일으키기도 했습니다.

그런가하면 호주에서는 11월 17일 제75주년 순국선열의 날을 맞아 광복회호주지회(지회장 황명하) 주최로 "여성독립운동가 시 영역 대회"를 열어 41명의 호주 동포학생들이 제가 쓴 『서간도에 들꽃 피다』 3,4권에 나오는 여성독립운동가 41명을 영어로 번역하여 『FLOWERING LIBERATION -41 Women Devoted to Korean Independence』 이란 책으로 펴내 영어권 사람들도 한국의 여성독립운동가를 알게 되는 계기를 만들었습니다.

한편, 호주 시드니한국문화원에서는 11월 5일부터 20일까지 여성독립운동가를 기리는 시화전을 열어 호주 동포 사회는 물론이고 호주 현지인들의 "한국 역사 올바로 이해하기"에 큰 계기를 마련하는 등 국내외에서 항일여성독립운동가를 알리는 일을 숨 가쁘게 펼쳐 왔습니다. 이러한 일들은 이분들의 일생을 정리하여 헌시(獻詩)를 쓰고 있는 시인으로 매우 가슴 뿌듯한 일이며 '사회의 조명 한 번 받지 못하고 스러져간 수많은 여성독립운동가' 들이 지하에서 기뻐하시리라 믿습니다.

『서간도에 들꽃 피다』〈5권〉을 세상에 내놓으면서 만감이 스쳐 지나갑니다. 지금은 돌아가셨지만 〈1권〉에 나오는 이병희 애국지사께서 저의 손을 꼭 쥐고는 "여성독립운동가들의 이야기를 세상에 꼭 알려라, 나라를 빼앗기지 않았다면 우리들도 평범한 여성의 삶을 살았을 것이다. 그러나 일제의 조국 침탈을 앉아서 보고만 있을 수는 없었다."고 하신 말씀을 한시도 잊지 못하고 있습니다.

이제 곧 만세소리 드높던 95년 전의 3·1절을 코앞에 두고 있습니다. 또한 올 8·15는 광복 70주년을 맞는 해이지요. 나라안팎으로 어려운 문제가 산적해 있지만 선열들의 숭고한 나라사랑 정신만은 우리들 가슴 속에서 놓지 않게 되길 빌면서 저는 또 다시 〈6권〉을 향해 뛰렵니다.

언제나 저에게 용기를 주면서 물심양면으로 후원해주시는 여러분께 고개 숙여 감사 말씀 올립니다. 특히 이번에 드넓은 만주 벌판 북간도 답사길에서 여성독립운동가의 흔적을 찾기 위해 함께 발품을 팔고 용기를 준 도다이쿠코 작가에게 이 자리를 빌려 그 고마움을 전하고 싶습니다. 힘내겠습니다.

2015년 1월 1일 양띠해 첫날 아침
북한뫼 자락 아래서 이윤옥 씀

차례

(가나다순)

유달산 묏마루에 태극기 높이 꽂은
김귀남

동포들아 자유가 죽음보다 낫다
목숨을 구걸치 말고 만세 부르자
졸업장 뿌리치고 교문 밖 뛰쳐나온
열일곱 소녀

무안거리 가득 메운 피 끓는 심장소리
뉘라서 총칼 겁내 멈춰 서랴

항구의 봄바람
머지않아 불어오리니
삼천리 금수강산에 불어오리니

동무들아
유달산 높은 곳에 태극기를 꽂자
가슴가슴마다 조국을 심자

그 깃발
겨레 얼 깊은 곳에
영원히 펄럭이리니

김귀남(金貴南, 1904.11.17 ~ 1990. 1.13)

"이날 거리 행진에 앞서 정명여중고 학교 운동장에서는 박찬승 교수(목포대)의 〈4·8만세 운동과 정명여학교〉 강연과 김귀남 당시 정명여학교 재학생에 대한 명예 졸업장 수여식이 열렸다. 이어 오후 4시 학교 정문을 출발한 정명여중고 학생들은 목포역 광장을 거쳐 유달산 3·1운동 탑까지 태극기를 들고 행진하며 만세를 외쳤다. 특히 목포역 광장에서는 목포지역 극단 '갯돌'과 함께 학생들이 독립만세운동 재현극을 펼쳐 그날 쓰러져간 사람들의 혼을 씻김하고 새로운 역사를 다짐했다"

-2001.10. 3. "전라도닷컴"-

<매일신보 판결 기사>

木浦獨立萬歲運動의 裁判이 大邱覆審法院에서 開廷되었는데 控訴가 棄却되어 言渡는 一審과 같았다. 拘留日數 60日을 本刑에 加算하여 다음과 같이 判決되다.

木浦	靑年	懲役 10個月	梁一錫
木浦	永興學校學生	懲役 6個月	金玉男
木浦	永興學校學生	懲役 6個月	朴銀根
木浦	永興學校學生	懲役 5個月	金龍文
木浦	貞明女學校生	懲役 10個月	鄭喜玉
木浦	貞明女學校生	懲役 6個月	金玉實
木浦	貞明女學校生	懲役 6個月	朴音田
木浦	貞明女學校生	懲役 10個月	金連順
木浦	貞明女學校生	懲役 6個月	朴福述
木浦	貞明女學校生	懲役 6個月	千貴禮
木浦	貞明女學校生	懲役 6個月	朱有今
木浦	貞明女學校生	懲役 6個月	李南順
木浦	貞明女學校生	懲役 10個月	文福今
木浦	貞明女學校生	懲役 6個月	金羅烈
木浦	貞明女學校生	懲役 6個月	金貴男

<每日申報 1922.3.12 >

목포독립만세운동의 재판이 대구복심법원에서 개정되었는데 공소가 기각되어 언도는 일심과 같았다. 구류일수 60일을 본형에 가산하여 다음과 같이 판결되다. 양일석 10개월 / 김옥남 6개월/ 박은근 6개월/ 김룡문 5개월/ 정희옥 10개월/ 김옥실 6개월/ 박음전 6개월/ 김연순 10개월/ 박복술 10개월/ 천귀례 6개월/ 주유금 6개월/ 이남순 6개월/ 문복금 10개월/ 김나열 6개월/ 김귀남 6개월
매일신보 1922.3.12

김귀남 애국지사는 만세운동으로 잡혀가 학교졸업장도 손에 쥐지 못하고 한 평생을 살다가 80년 만에 꿈에도 그리던 졸업장을 사후에 받게 된 것이다. 거족적인 3·1 독립만세 운동의 함성이 채 사라지지 않고 있던 1921년 11월 13일, 목포에는 새로운 소식이 들려왔다. 그것은 열강(列强)의 대표들이 미국 워싱턴에서 군비감축회의(軍備減縮會議)를 열어 만주를 비롯한 원동문제(遠東問題)를 의제로 거론한다는 소식이었다. 이에 대한민국임시정부와 구미위원부(歐美委員部)에서는 이승만·서재필·정한경 등을 대표위원으로 뽑아 워싱턴 군비감축회의에 한국독립청원서(韓國獨立請願書)를 제출한다는 소식이 전해진 것이었다.

이 소식을 들은 정명여학교 학생들은 워싱턴 군비감축회의에서 거론될 한국 독립문제에 대한 한국인의 독립의지를 세계만방에 널리 알릴 목적으로 1921년 11월 13일 오후 학교 기숙사에서 김귀남 애국지사를 비롯하여 천귀례·곽선주·김정현사·김나열·박음전·문복금·김연순·박복술·주유금·김옥실·김자현·김정애사 등이 모여 대한독립만세운동을 벌이기로 결의를 다졌다. 이때 사립영흥학교(私立永興學校) 학생들도 함께 했다. 이들은 14일 만세운동에 쓸 태극기를 함께 만들며 자신들의 독립 의지가 세계만방에 전해지길 빌었다.

정명여학교 학생들의 시위소식이 전해지자 다음날 영흥학교 졸업생 양일석(구두제조업), 학생 김옥남·박종근·김용문·최철근 등의 주도 아래 영흥학교 학생들도 만세 시위를 전개했다. 이들은 태극기 수십 장을 미리 만들어 15일 아침 10시 영흥학교에 들어가 운동장에 이를 뿌리고 한국독립만세를 소리 높이 외치자 학생들

수십 명이 몰려 나와 태극기를 집어 들고 주동자들을 따라 나와 남교동과 죽동 일대를 행진하면서 만세 시위를 벌였다.

또 이들 가운데 일부는 유달산으로 올라가 대형 태극기를 매달았다. 학생들의 시위에 자극받은 목포 시민들은 '조선정(朝鮮町)'이라 불리던 무안통(務安通) 이북의 도로를 가득 메우고 만세를 따라 불렀다.

국토의 끝자락에 있는 목포의 어린학생들이 만세운동을 부른다고 세계열강들이 모이는 미국의 워싱턴에 전달될 리 만무지만 우리의 피 끓는 학생들은 실오라기 같은 계기만 있어도 이를 살려 조국의 독립을 꾀하고자 했다.

김귀남 애국지사를 비롯한 만세시위에 합세한 학생들은 출동한 왜경에 잡혀갔으며 이들은 1921년 12월 28일 광주지방법원 목포지청에서 제령(制令) 7호 위반으로 징역 6월을 언도 받고 공소하였으나, 1922년 3월 11일 대구복심법원에서 기각, 형이 확정되어 옥고를 치렀다.

정부에서는 고인의 공훈을 기려 1995년에 대통령표창을 추서하였다.

목포정명여중은 여성독립운동의 산실

- 2012년 광복절에 7명의 여성 애국지사 포상 받아 -

터졌고나 죠션독입셩
십년을 참고참아 이셰 터젓네
삼천리의 금수강산 이쳔만 민족
살아고나 살아고나 이 한소리에

피도죠션 뼈도 죠션 이피 이뼈는
살아죠션 죽어죠션 죠션것이라
한사람이 불어도 죠션노래
한곳에셔 나와도 죠션노래

위 노래는 목포정명여학교(현, 목포정명여자중·고등학교) 학생들의 독립가이다. 목포정명여학교는 1983년 2월 중학교 교실 보수작업을 했는데 그때 천장에서 한 뭉치의 독립운동자료가 나왔다. 이곳은 1919년 4월 8일 목포지역의 독립만세운동을 주도적으로 이끈 학교로 그 어느 곳보다 민족정신이 투철했다. 국가보훈처는 이 학교 출신 7명을 광복 제 67주년인 2012년 8월 15일 애국지사로 포상했다.

이들은 곽희주(19살), 김나열(14살), 김옥실(15살), 박복술(18살), 박음전(14살), 이남순(17살), 주유금(16살)으로 "1921년 11월

정명여학교 보통과 제9회(1922년) 졸업생들

13일 전남 목포의 정명여학교 재학 중 독립만세시위를 감행할 것을 협의하고 태극기를 제작하였으며, 다음 날 목포 시내에서 '조선독립만세'를 부르며 만세운동에 참여하다가 체포"된 분들이며 각각 징역 6~10개월을 선고받고 옥고를 치렀다. 김귀남 애국지사는

한 학교에 여성독립운동가 독립자료관을 만든 경우는 흔치 않을 만큼 목포정명여중생들은 독립운동에 깊게 관여했다.

이들 7명보다 앞선 1995년에 서훈을 받았다.

　격문을 읽고 있노라면 피가 끓는다. 이천만 조선인 그 누구의 가슴에도 끓어올랐을 피! 그것도 나 어린 여학생들이 만세 시위에 앞장섰음을 역사는 당당히 기록하고 있다. 이를 기억하기 위해 해마다 목포에서는 4·8 독립만세운동 재현 행사를 하고 있으며 목포정명여자중고등학교 학생들이 주축이 되어 그날의 함성을 새기고 있다.

- 글쓴이는 2012년 11월 18일자 '오마이뉴스' 에
목포정명여학교 탐방 기사를 실었다-

혁명의 강물에 뛰어든
김알렉산드라

우랄산맥 타고 아무르강 절벽으로 불던
한줄기 바람이여
너는
끓어오르는 붉은 피 감추고
조국의 앞날을 걱정하며 흘리던
혁명가 눈물을 보았느냐

빼앗긴 조국산하를 어루만지며
동중철도 건설현장에서
우랄산맥의 황량한 벌목장에서
동포를 위해 목숨 바쳐 헌신하던
조선의 혁명가 처녀를 보았느냐

이념의 어두운 골짜기에서
조선을 밝혀줄 횃불을 높이 들던
그 열정의 울부짖음을 들었느냐

아무르강의 바람이여
왜 비통 속에 그토록 처절히
그녀가 죽어가야 했는지
너는 말하라

조선인 혁명가로 러시아에서 이름을 날린 김알렉산드라 (그림 이무성 한국화가)

김알렉산드라 (1885. 2. 22 ~ 1918. 9. 16)

　임시정부 기관지 〈독립신문〉은 대한민국 2년(1920) 4월 17일, 20일, 22일에 '김알렉산드라 소전(小傳)'을 연재했다. 한 여성을 이렇게 세 번에 걸쳐 연재하는 경우는 드문 일이다. 이것은 러시아 아무르강(흑룡강)에서 총살로 비명횡사한 김알렉산드라 사후 2년이 되는 시점으로 당시 김알렉산드라는 러시아 혁명운동에 앞장서서 1917년 극동지방 조선인 조직사업의 책임자가 되었으며 이동휘와 한인사회당을 조직했다. 여기서 우리가 알아야 할 것은 일제강점기에 사회주의 운동은 민족해방 운동의 한 주류였다는 사실이다. 반러시아 혁명파에 파들에 의해 서른세 살의 나이로 생을 마감한 김알렉산드라의 죽음을 애도하는 뜻에서 당시 하바로프스크 시민들은 아무르강 유역에서 낚시를 하지 않았다고 전한다.

　처형 직전 조선혁명가 김알렉산드라는 처형자들에 의해 강제로 눈에 붕대가 감겼는데 그는 붕대를 눈에서 떼어냈다고 한다. 그리고는 자신이 죽음의 장소를 택하겠다고 말하면서 13발자국을 걸었다고 한다. 그 13발자국이란 다름 아닌 조선의 13도를 상징하는 것이었다.

　"사랑하는 나의 동지들, 남녀노소들이여. 오늘 우리의 적들이 많은 애국자들과 친구들과 나의 삶을 빼앗아가고 있다. 그러나 공산주의 이념은 빼앗을 수 없다. 우리가 싸웠던 사업은 승리할 것이다. 내가 13보를 걸은 것은 조선이 13도(道)였음을 의미한다. 한국의 각 도에서 공산주의의 씨여! 훌륭한 꽃으로 펴라. 한국의 젊은 이들, 이 꽃을 손에 들고 조선의 해방과 독립을 쟁취하라. 이 해방은 너희들의 자랑의 대상이 될 것이다. 여러분! 우리의 후배들이 조선을 다 해방시키고 사회주의가 건설되는 것을 볼지어다. 볼셰비키여! 영광스러워라."

김알렉산드라의 외침이 끝나자마자 그의 심장을 향해 총알이 날아들었고 그의 몸은 처절하게 아무르 강물로 굴러 떨어졌다.

김알렉산드라는 최초의 한인 여성 공산주의자로서, 1885년 2월 22일 연해주 우수리스크 근교의 시넬니코보 한인마을에서 태어났다. 청풍김씨 김두서의 딸로 태어났으나 일찍이 어머니를 여의고 아버지 손에 컸다. 아버지는 중국어에 능통한 사람으로 만주로 이사하여 당시 동중철도 건설현장에서 통역 일을 했는데 김알렉산드라는 어려서부터 중국, 한국, 러시아 노동자들 사이에서 자랐으므로 중국어와 러시아어를 잘했다.

29살 되던 해인 1914년 1차 세계대전 당시 짜르 당국이 우랄산맥 벌목장에서 일할 한국인들을 모집하였는데 김알렉산드라는 이들의 통역을 맡았다. 1917년 2월 혁명 때 그는 강제 모집된 한국, 중국 노동자들과 우랄노동자동맹이라는 볼셰비키 조직을 만들었다. 이 동맹은 소비에트 정권을 쟁취하기 위한 조직이었다. 이후 김알렉산드라는 그곳에서 러시아 사회민주노동당에 입당하여 최초의 한인여성 사회민주공산당원이 되었다. 1917년 2월 혁명 이후 김알렉산드라는 제1회 러시아 사회민주노동당 극동대표자회의(1917년 9월)에 참가하는 등 소비에트 혁명 활동을 시작했다. 1918년 초 하바로프스크로 돌아온 김알렉산드라는 3월에 당시 만주와 연해주에서 항일독립운동의 저명한 지도자이자 임시정부 초대국무총리를 지낸 이동휘 등과 주축이 되어 한인사회당과 적위군을 조직했다. 그 뒤 1918년 7월 김알렉산드라는 하바로프스크시 당위원회 위원으로 선출되어 시위원회 비서와 재무를 담당하였다.

탁월한 지도력과 러시아어, 중국어, 영어, 불어에 능통했던 김알렉산드라는 혁명적 지도력을 인정받아 변방에 거주하는 외국인들 관리, 1차대전의 포로문제와 관련한 혁명사업, 조선인, 중국인, 헝가리인 등으로 구성된 막중한 국제주의 부대 편성사업 등을 도맡아 해결해 나갔다.

한편 1918년 8월말 극동지역의 내전상황은 소비에트 볼셰비키 정권에 불리하게 돌아가고 있었다. 백위파 군대를 배후 지원하는 일본군의 개입으로 볼셰비키 군대의 군사력은 약화되었고, 결국 1918년 8월 25일 하바로프스크에서 열린 제5차 극동지역 노동자대회에서 일시 전선을 포기하고, 한인 혁명지도자들은 하바로프스크에서 아무르주로 이동하라는 결정이 내려졌다.

1918년 9월 2일 하바로프스크에 백위파 군대가 들이닥치기 이틀 전 김알렉산드라를 비롯한 한인 공산당원들은 재빨리 '바론 코르프' 호를 타고 아무르강을 거슬러 아무르주 쪽으로 피신했다. 그러나 그 과정에서 9월 10일 악명 높은 백위파 군대에 김알렉산드라는 체포되고 말았다.

이때 김알렉산드라를 비롯하여 유동열, 김립, 이인섭 등도 체포되었으나 중국인으로 가장하여 가까스로 석방되었고, 김알렉산드라는 체포되어 하바로프스크로 이송되어 '죽음의 객차'에 감금되었다.

붙잡힌 김알렉산드라는 칼므이코프의 백위파군들에 의해 엄청난 고문과 회유를 받았다. 그러나 김알렉산드라는 절대로 무릎을 꿇지 않고 혁명열사로서의 기백을 보였다. 마지막 심문에서 김알렉산드라는 "우리 볼셰비키들은 절대로 동지들을 배반하지 않으며, 사상을 버리지 않는다. 우리 볼셰비키들에게 있어서 생과 사상은 절대로 분리될 수 없으며, 한 몸이며, 죽음도 이를 갈라놓을 수 없다"고 말하면서 끝까지 자신의 뜻을 굽히지 않았다.

이러한 대쪽 같은 김알렉산드라도 가정적으로는 평탄치 않았다. 어려서 어머니를 여의고 아버지마저 그가 11살 되던 해에 숨지자 어린 알렉산드라는 아버지의 절친 했던 친구인 폴란드인에게 맡겨진다. 아버지 친구는 영리했던 알렉산드라를 극진히 보살피며 학교 교육을 시켰다. 이 무렵부터 사춘기 소녀 알렉산드라는 러시아의 진보적 사상가였던 게르첸이나 체르느이쉐프스키 등의 사상 서적들을 탐독하며 미래의 혁명여성을 꿈꾸었다. 그 뒤 아버지 친구의 아들인 M.I.스탄케비치와 결혼하지만 술에 젖어 방탕하게 살아가는 남편과 헤어지게 된다. 이혼할 당시 어린 핏덩이 아들이 하나 있었는데 어린 아들을 데리고 러시아어 교사로 근무하던 오바실리와 재혼 하게 된다. 다행히 그는 알렉산드라를 잘 이해해주는 사람으로 사상적 동지였다.

김알렉산드라가 학살당한 뒤에 한인사회당 중앙위원회 성원들인 이동휘, 김립 등이 그의 사업을 계승하였고, 조선 빨치산 부대들을 조직하고 운영하였다. 1919년에 박진순을 대표로 하는 대표단을 모스크바 코민테른 제2차 대회에 파견하였다. 그 뒤 한인사회당 위원들이 연해주로부터 상해로 갔고, 상해에서 계속 활동하였다.

김알렉산드라라는 인물에 대해 박노자 씨는 한겨레 칼럼(2003.5.25)에서 다음과 같이 평가했다. "근·현대사에서 조선의 진보적인 독립운동가만큼 큰 희생을 치른 집단은 드물 것이다. 러시아에서 스탈린으로부터, 북한에서는 독재체제 구축에 착수한 김일성 일파로부터, 남한에서는 역대의 반공정권으로부터 각각 탄압을 당해온 그들의 역경과 고난의 무게만큼 그들이 지금의 우리들에게 가르쳐주고 시사해주는 바가 있다. 조선의 애국자로 남으면서 동시에 자본주의·제국주의로부터의 해방을 추구하는 국제적인 시각을 우리는 그들에게 배울 수 있는 것이다."

도올 김용옥 교수는 말한다. "20세기는 이념의 세계였다. 이념의

1918년 9월 김알렉산드라를 포함한 한인사회당 간부들이 끌려와 처형된
하바로프스크 문화휴식중앙공원 뒤편 아무르(흑룡강)강변

세계란 인간의 행동에 선행하는 관념이 존재하는 세계다. 뛰고 나서 생각하는 게 아니라 반드시 생각하고 뛰는 것이다. 나의 행동을 지배하는 이념의 청사진이 의식 속에 반드시 자리 잡고 있다. 그런데 20세기 인간의 최대 비극은 그 청사진의 궁극적 의미를 아무도 몰랐다는 데 있다. 또한 20세기는 제국주의의 세기였다. 그리고 혁명의 세기였다. 20세기의 혁명들은 반제국주의 성격을 갖고 있다. 혁명이 완수되면 혁명 자체가 제국주의로 돌변한다. 우리민족의 독립운동사는 혁명과 제국주의 두 진영으로부터 모두 기만 당한 슬픈 이야기다. 그러나 슬픈 이야기를 슬프게만 생각할 필요가 없다. 이 슬픈 이야기의 강물에 뛰어든 사람들은 너무도 용감했고 순결했고 열정적이었다. "

그렇다. 김알렉산드라는 이념의 세기인 20세기의 희생양이었는지 모른다. 그 희생의 발단이 일제의 조선침탈이었음은 두말할 나위 없는 것이다.

정부는 고인의 공훈을 기려 2009년에 건국훈장 애국장을 추서하였다.

마전골 귀한 딸 고문 견디며 나라 지킨

김영순

오매불망 외동딸 모습 그리다
숨져간 어머니 망우리에 묻히던 날

마전골 귀한 딸 대구감옥 철창에서
모진 고문 이겨내며 엄니 그렸네

고종황제 승하에 슬피 울며
흰 저고리 검정치마 상복 입고
통곡하던 제자들 보듬으며
손잡고 부른 조국의 노래

피로 물든 파고다의 함성
헛되지 않아
광복의 꽃으로 활짝 피었네

김영순(金英順, 1892.12.17 ~ 1986.3.17)

"병술국치 해인 1910년 김영순 애국지사는 18살의 나이로 쓰개치마를 뒤집어쓰고 정신여학교에 입학하였다. 이 학교 학생은 모두 기숙사 생활을 하였는데 청교도적 엄격한 규율과 엄숙함이 배인 곳이었다. 학생들은 검정치마와 흰 저고리를 입고 머리는 땋아서 자주댕기를 드렸고 신발은 가죽신 차림이었다. 입학과 함께 학교에 큰 경사가 났는데 미국인 자선사업가인 세브란스 씨가 지하 1층 지상 3층의 건물을 희사해 졸업생들까지 모두 와서 기뻐해주었다. 그때 교장은 밀러(E.H.Miller) 선생이었다"

이는 〈연동교회 애국지사 16인 열전〉 가운데 나오는 김영순 애국지사의 이야기다. 김영순 애국지사는 서울 종로구 마동에서 아버지 김원근, 어머니 전준경의 3남매 가운데 외동딸로 태어났다. 마동(麻洞)은 마전골(麻田洞)의 준말로 지금의 와룡동 일대로 맑은 시냇물이 졸졸 흐르는 때 묻지 않은 곳이었다.

한학자이자 서예가인 아버지는 1906년 정신여학교 교사로 부임하여 한문과 국문, 습자를 가르쳤고 훗날 함께 독립운동을 하게 되는 고모 김원경도 상급반에 다니고 있었다. 어머니는 딸에게 "너는 눈이 크니까 눈을 크게 뜨지 말고 목소리를 크게 내지마라. 여자는 알뜰하고 정숙해야 한다" 고 가르쳤으며 아버지는 "여자는 얌전하고 조용해야한다. 집안이 가난해도 어질게 살아야한다"고 가르쳤다.

정신여고를 졸업한 김영순 애국지사는 처음에는 군산의 멜본딘
여학교로 갔다가 1917년 25살 때 모교인 정신여학교로 올라와 기
숙사 사감이 되었다. 기숙사 사감이 된지 2년 쯤 뒤에 고종황제가
승하하고 독살설이 퍼졌다. 그러자 기숙사 학생 70여명은 누가 시
키지도 않았는데 흰 저고리 치마에 검은 댕기를 드리고 있었다. 이
른바 복상(服喪)을 한 것이었다. 그러나 당시 루이스 교장은 혹시
학생들에게 닥칠 불상사를 염려하여 복상을 풀도록 했으나 학생들
이 소복차림을 고수하는 바람에 총독부로부터 강유감, 김경순 등
7명에게 정학처분이 내려졌다. 사감인 김영순 애국지사도 난처한
입장이었다.

그뿐만이 아니었다. 고종황제의 국장일인 3월 3일을 앞둔 3월1
일 오후 1시 무렵 학생들은 베 헝겊 띠를 허리에 두르고 짚신을 들
메(벗어지지 않게 메는 것)로 묶고 뛰었다. 파고다 공원에는 시민
들과 정신여학교 학생을 비롯하여, 숙명, 이화, 진명 등 학생 4천여

3·1여성동지회 정기 집회를 마치고 1982년(앞줄 오른쪽에서 세 번째가 김영순 애국지사)

명이 모여들었다. 교장은 김영순 사감의 책임을 물었으나 학생들의 자발적인 독립만세운동에 김영순 애국지사도 격려하며 합세했다. 이날 만세 시위운동으로 정신여학교 학생 60여명이 잡혀 들어갔으며 김영순 애국지사는 이들을 위해 사식을 날마다 넣어 주고 뒷바라지를 했다.

1919년 9월 비밀결사 조직인 대한민국애국부인회(大韓民國愛國婦人會)가 결성되었는데 김마리아 · 황애시덕을 중심으로 결사부(決死部) · 적십자부(赤十字部)를 신설하고 항일독립전쟁에 대비한 체제로 조직을 전환하였는데 김영순 애국지사는 여기서 서기로 활동하였다. 이 모임은 기독교회 · 학교 · 병원 등을 이용하여 조직을 전국적으로 확대하면서 회원들의 회비와 수예품 판매를 통해 독립운동 자금을 모아 상해 임시정부를 지원하였다.

또한 이 모임은 본부와 지부를 통해 임시정부 국내연통부(聯通府)의 역할과 대한적십자회 대한총지부(大韓總支部)의 활동도 도맡아 했는데 독립운동자금 모집에도 적극적으로 힘써 당시 6천원이라는 거금의 군자금을 임시정부에 송금하였다.

그러나 이 과정에서 1919년 11월 왜경에 잡혀 김영순 애국지사는 1920년 12월 대구복심법원에서 징역 2년형을 언도받고 옥고를 치러야 했다.

대구감옥에 갇혀 있는 동안 안타깝게도 어머니가 세상을 떠났다. 자나 깨나 외동딸의 생각에 노심초사하시던 어머니였다. 김영순 애국지사는 1922년 5월 2년간의 옥살이를 마치고 감옥문을 나섰다. 함께 출옥한 이는 이정숙, 장선희, 황애시덕이었다. 김영순 애국지사는 출옥 뒤 상경하자마자 망우리에 묻혀 있는 어머니 무덤을 찾아가 대성통곡했다.

　김영순 애국지사는 당시 나이로는 만혼인 38살에 결혼식을 올렸다. 신랑은 군산지역의 3·1운동 주동자 이두열 애국지사다. 이두열 애국지사의 어머니 황지영은 북간도 용정지역에서는 이름난 독립운동가였다. 1927년 4월 신간회(新幹會) 자매단체인 근우회(槿友會)의 창립준비위원회에 참가하여 회원모집 활동을 폈으며 같은 해 5월 28일에 열린근우회 창립대회에서 21인의 집행위원 중 한명으로 선출되어 교양부를 맡아 여성의 지위향상과 항일독립운동에 힘썼다.

　정부에서는 고인의 공훈을 기려 1990년에 건국훈장 애족장(1963년 대통령표창)을 추서하였다.

더보기

남편 이두열 애국지사(李斗烈,1888. 7. 3 ~ 1954. 1.16)

함경남도 영흥(永興) 출신으로 1919년 3월 5일에 전개된 군산의 독립만세운동을 김병수·박연세 등과 함께 계획하였다. 이곳의 만세시위는 민족대표 33인 중 한사람인 이갑성으로부터 독립선언서 2백여 장을 전해 받고, 군산에서 활동하던 세브란스 의학전문학교 학생인 김병수가 서울의 독립만세시위 계획을 전해주면서부터 계획되었다. 당시 영명학교(永明學校) 교사인 그는 2월 26일 박연세의 집에서 동료교사인 김수영·고석주·김인묵·이동욱·김윤실 등과 만나 독립선언서를 받아보고, 군산 장날인 3월 5일을 이용하여 독립만세시위를 전개하기로 결의하였으며, 독립선언서를 등사하고 태극기도 만들었다.

그러나 거사 전날인 3월 5일 오전 수업을 마칠 무렵, 시위계획을 눈치 챈 군산경찰서에서 박연세·김수영과 함께 강제로 연행되었다. 이에 김윤실 등이 예정일을 하루 앞당겨서 만세시위는 전개되었지만, 이두열은 체포되어 그해 6월 12일 고등법원에서 이른바 보안법과 출판법 위반 혐의로 징역 3년형을 받고 옥고를 치렀다.

정부에서는 고인의 공훈을 기려 1990년에 건국훈장 애족장(1977년 대통령표창)을 추서하였다.

용암처럼 끓어오른 탐라의 횃불

김옥련

태고적 탐라는 신들의 고장
부정을 멀리하고
흰 옷 입은 백성 고이 살던 곳

어느 해 승냥이 나타나
총과 칼 휘젓고 다니면서
숨비소리 거친 물질로 캐낸
소녀의 꿈 산산조각 냈네

해녀의 목숨 바쳐
조국을 건질 수 있다면
젊은 피 어이 쏟지 않으리
용암처럼 끓어오르는
핏빛 분노
횃불되어 탐라를 비추었네

곱고 단아한 한복 차림의 김옥련 애국지사

김옥련(金玉連 1907. 9. 2 ~ 2005. 9. 4)

"어머니는 참으로 조용한 분이셨어요. 저는 어머니의 맑고 고운 영혼을 사랑합니다." 김옥련 애국지사의 따님 한인숙 씨는 그렇게 어머니에 대한 운을 떼었다. 김옥련 애국지사의 이야기를 듣기 위해 따님인 한인숙 씨를 만난 것은 2014년 9월 12일 금요일 점심 무렵이었다. 우리는 서울미술관 안에 있는 구내식당에서 점심을 먹고 역시 미술관 안에 있는 커피숍으로 자리를 옮겼다. 미술관과 어울리는 분위기의 빨간 파라솔 아래서 마주 앉은 우리는 처음 만난 사이였지만 마치 오래전부터 만난 사람들인 양 여성독립운동가에 대한 이야기를 주고받았다. 아니 주고받았다 보다 내가 여성독립운동가에 대한 이야기를 일방적으로 쏟아 놓은 셈이지만 한인숙 씨는 그런 나의 이야기에 귀를 기울여 주었으며 해녀출신 독립운동가인 어머니 김옥련 애국지사에 대한 말은 무척 아꼈다. 그것은 내가 만나본 많은 독립운동가 후손 분들과 대동소이한 모습이었다. 왜, 어머니에 대한 이야기를 많이 하고 싶지 않겠는가? 하지만 김옥련 애국지사의 따님은 무척 겸손했다.

김옥련 애국지사는 일제강점기 제주에서 해녀생활을 했던 분이다. 1907년 제주시 구좌읍 하도리 서문동에서 태어나 어릴 때부터 애기 상군이라 불릴 만큼 물질이 뛰어났고 부모님을 도와 밭일도 열심히 했기에 주위에서 매우 사랑받는 처녀였다.

당시 하도리에는 야학이 있었는데, 김옥련 애국지사는 물질을 하면서 촌음을 아껴 야학에서 열심히 신문학을 받아들여 공부했다. 야학에서 한민족의 역사, 지리 등을 배우면서 민족의식이 싹텄고, 야학을 함께 하는 동급생끼리 일제침략의 부당성 등을 성토하기도 했다.

22살 되던 해인 1929년 하도리에는 여성단체로 부인회, 소녀회 등이 조직되어 있었는데, 부인회 회장은 부춘화, 소녀회 회장은 김옥련이 맡고 있었다. 당시 일제의 수탈이 정점에 달하자 김옥련을 포함한 해녀들은 더 이상 참고 있을 수 없다는 결론에 도달하게 되었다.

마침내 1931년 물질을 생업으로 하던 해녀들은 일본 관리들의 가혹한 대우와 제주도해녀조합 어용화의 폐단이 있자 12월 20일 요구조건과 투쟁방침을 결의하였다. 그리고는 이듬해인 1932년 1월 7일과 12일 김옥련 애국지사는 구좌면에서 해녀조합의 부당한 침탈행위를 규탄하는 시위운동을 주도하고, 해녀들의 권익을 위해 부춘화 애국지사 등과 함께 도지사 (당시는 도사 '島司') 다구치 (田口禎熹)와 담판을 벌여 요구조건을 관철시켰다.

또한 1월 26일에는 제주도 항일운동가의 검거를 저지하려다 잡혀 6개월의 옥고를 치렀다. 이때 김옥련, 부춘화, 부덕량을 대표로, 하도·세화·우도·종달·시흥·오조 등 6개리의 해녀들이 모였다. 제주해녀(잠녀)항쟁에 참가한 숫자만 연인원 1만 7,000명에 이르렀다. 제주잠녀항쟁은 투쟁의 주체가 연약한 여성집단이었고, 한국 최대 규모의 어민투쟁이었다는데 의의가 깊다. 이 투쟁은 조천지역의 만세운동과 무오년 법정사항일운동(法井寺抗日運動)과 더불어 제주도 3대 항일운동으로 평가받고 있다.

"일제는 우리 해녀들이 목숨을 바쳐 채취한 전복이며 미역 등 각종 해산물을 헐값으로 빼앗고 각종 세금을 부과해 못살게 굴었지.

수 십 년이 지났지만 그때를 회상하면 지금도 화가 치밀어" 이는 김옥련 애국지사가 96살 되던 해인 2003년 10월 22일자 〈경남 여성 신문〉과의 인터뷰 내용이다. 좀 더 들어 보자 "우리가 들고 일어났 던 것은 해녀어업조합에서 은밀하게 브로커들과 결탁해 지정 상인 을 정하고 아직 바다 속에서 캐지도 않은 해산물을 결탁상인들에 게 내주었는데 죽도록 고생해 캐낸 해산물의 매수가격은 형편없었 기 때문이지."

해녀들에 대한 일본관헌들의 가혹한 대우와 해녀권익을 옹호하 기 위해 발족된 제주도 해녀조합의 어용화 폐단은 1931년 급기야 하도리에서 거세게 폭발되었고 1932년 1월 세화장날을 기해 대규 모 항일운동과 연결된 죽음을 불사한 항일투쟁으로 이어졌던 것이 다.

김옥련 애국지사는 당시 감옥생활을 이렇게 증언했다. "취조과 정에서 소 채찍으로 맞고, 두 팔을 뒤로 뒤틀리는 고문을 당했으 며, 나무봉 위에 무릎을 꿇리고 짓눌리는 등 떠올리기조차 끔찍한 고문을 받았다." 고 증언했다. 김옥련 애국지사는 광복직후 제주를 떠나 부산 영도 대교동에 자리를 잡고 3남매를 억척스럽게 키워냈 다. 한때는 땔감도 없어 부둣가에 떠내려 오는 나뭇조각으로 불을 지필 정도로 어려운 생활을 해야 했지만 독립운동을 하는 심정으 로 억척스런 삶을 살아내며 3남매를 모두 훌륭히 키워내었다.

정부에서는 고인의 공훈을 기려 2003년 건국포장을 수여하였다.

〈해녀의 노래〉를 지은 강관순 애국지사

해녀의 노래

우리들은 제주도의 가엾은 해녀들
비참한 살림살이 세상이 안다
추운 날 무더운 날 비가 오는 날에도
저 바다 물결 위에 시달리는 몸

아침 일찍 집을 떠나 황혼 되면 돌아와
어린아이 젖먹이며 저녁밥 짓는다
하루 종일 해봤으나 버는 것은 기막혀
살자하니 한숨으로 잠 못 이룬다

이른봄 고향산천 부모형제 이별하고
온가족 생명줄을 등에다 지어
파도 세고 무서운 저 바다를 건너서
기울산 대마도로 돈벌이 간다

배움 없는 우리 해녀 가는 곳마다
저놈들의 착취기관 설치해 놓고
우리들의 피와 땀을 착취하도다
가엾은 우리해녀 어디로 갈까.

제주해녀항일운동기념탑 〈제주시 구좌읍 해녀박물관길 26〉

강관순 (康寬順, 1909. 4. 8 ~ 1942. 8. 6) 애국지사는 1926년 제
주공립농업학교를 졸업한 뒤 영명학교 교사로 야학을 통한 계몽운
동을 전개하였다. 그는 동아일보 기자로 활동하면서 강철(康哲)이
라는 필명으로 항일의식을 고취하는 글들을 기고하였다. 1930년 3
월 제주도 구좌면(舊左面, 현 제주시 구좌읍) 세화리(細花里)에서

신재홍, 오문규 등과 함께 비밀결사 혁우동맹(革友同盟)을 조직하고 항일운동을 전개했다. 혁우동맹은 제주청년동맹과 그 산하지부들이 일제의 탄압으로 활동이 어렵게 되자, 비밀결사 형태로 새롭게 조직된 사회주의 단체였다. 혁우동맹은 주로 청년을 대상으로 사회주의 사상의 고취와 대중 계몽을 활동의 주요 방침으로 정하고 있었다. 이때 그는 청년부 책임을 맡아 청년단원 포섭에 힘을 쏟았다. 혁우동맹은 1931년 6월 상순 조선공산당 제주도야체이카로 새롭게 조직을 정비해 갔는데, 그는 당외기관 책임자로 선임되었다. 제주도야체이카는 구좌면 등지의 해녀들을 대상으로 항일의식을 높이는 등 사회 각 방면의 운동단체를 지도하는 주도적 역할을 맡았다. 1932년부터 구좌면을 중심으로 일어난 제주 해녀의 항일시위운동에는 제주도야체이카의 역할이 크게 작용하였다. 당시 제주 해녀들은 해녀어업조합의 어용화와 해산물 매수가격을 둘러싼 부정에 항의하여 시위운동을 전개하였다. 일제는 1,000여 명의 해녀들이 세화주재소까지 몰려와 시위를 벌이는 등 그 여파가 거세지자, 해녀와 청년운동가들을 대대적으로 잡아들였다. 강관순은 이때 왜경에 체포되어 대구복심법원에서 징역 2년 6월을 선고받고 옥고를 치렀다. 출옥 후 일가를 데리고 함경도 청진으로 이사했으나, 옥중에서 받은 고문의 후유증으로 투병생활을 계속하다가 1942년 숨을 거두었다.

정부에서는 고인의 공훈을 기려 2005년에 건국훈장 애족장을 추서하였다.

흰 가운 물들인 핏빛 동산에서
김온순

경성의 만세 물결
해주로 밀려드니
손에손에 태극기 물결 드높아

가슴 속 끓는 붉은 피
왜놈 순사 총부리도 두렵지 않네

흰 가운 물들인
핏빛 동산에서
포효하는 독립의 외침소리

통곡의 강 넘어
빛의 고지로
힘차게 이끈 열사여!

그 투혼
겨레의 가슴에 영원하리라

고통의 강을 어찌 건넜을까? 고문 받는 김온순 애국지사 (그림 이무성 한국화가)

김온순(金溫順, 1898. 3.23 ~ 1968. 1.31)

"기생 만세 사건의 연루자로 해주도립 자혜병원 간호부 김온순이 걸려들었다. 사실상 기생 만세 사건과는 아무 관련이 없었다. 중국이나 만주 방면에서 밀입국한 독립운동 연락원들의 여비 등을 마련해 주는 자금모집 관계에 참여했던 것이다. 경찰은 4월 7일 김온순의 가택을 수색하고, 그녀를 즉각 체포하여 해주감옥에 구속하였다. 그녀에게도 역시 사나운 채찍과 코로 물을 먹이고, 보꾹에 달고, 치고 하는 고문을 하였다. 아무리 혹독한 악형이 가해져도 온순은, '사람이 한 번 죽지, 두 번 죽으랴.' 하는 마음으로 영영 실토하지 않았다고 독립운동 생존자들은 증언하였다."

이는 연변대학 간호학과 김려화 씨의 〈일제 강점기 여성 간호인의 독립운동에 관한 역사연구〉에 나오는 김온순 애국지사에 대한 이야기다. 혜사(慧史) 김온순 애국지사는 황해도 해주에서 태어나 평양 숭의여중을 나왔으며 1919년 3·1독립운동에 참가하여 독립만세를 부르다가 체포되어, 해주감옥에서 옥고를 치른 뒤 중국으로 망명하였다.

김온순 애국지사는 독립투사 김광희(金光熙) 선생과 결혼하여 만주지역에서 독립운동가로 활약했으며 1930년 3월 3일 한족총연합회(韓族總聯合會)의 지도당으로 조직된 신한농민당(新韓農民黨)의 여성부장으로 뽑혔다. 김 애국지사는 남편과 함께 북만주 독립운동 노선이 공산주의자들의 획책으로 혼란하게 되지 않도록 힘썼으며 조국의 독립을 위해 헌신하였다.

조국의 광복 뒤에는 대한간호협회 제2대 회장을 역임하며 간호 발전에 헌신을 꾀했다.

"본지를 발간하려는 동기와 관심은 우리 대한민국이 해방되던 당초부터 꿈과 마음은 간절하였지만 그간 우여곡절과 제반 사항의 어려움으로 1948년 제1호를 발행 한 뒤 금일에야 비로소 속간(續刊)을 보게 된 것은 실로 감개무량한 일입니다. 이 잡지 속간을 위해 사회지도자 여러분의 격려와 지도를 아낌없이 보내주심에 심심한 경의와 감사를 마지않습니다."

위는 1948년에 나온 〈대한간호〉가 중단된 이래 1953년 속간(續刊)을 축하하는 김온순 애국지사의 축사 가운데 일부다. 〈대한간호〉는 일제강점기 아래서 10년간 발행되었던 보건의료계 유일의 잡지 〈조선간호부회보〉가 그 효시였다. 1934년까지 '조선간호부회보'로 나왔던 잡지는 해방 이후 대한민국정부수립의 해인 1948년 〈대한간호〉로 발간되었으며 5년간 중단되다가 속간하게 되었으며 그 중책은 김온순 애국지사가 맡았다.

정부에서는 고인의 공훈을 기려 1990년에 건국훈장 애족장(1963년 대통령표창)을 추서하였다.

김온순 애국지사 남편은 독립투사 "김광희" 선생

　김광희(金光熙, 1892. 10. 5 ~ 1968. 1. 14) 선생은 함북 학성(鶴城) 사람으로 1919년에 블라디보스톡으로 망명하였다가 상해를 거쳐 7월에 다시 연해주로 가서 농장과 학교를 설립하였다. 1922년 7월 14일에는 고려혁명위원회 해외 조직부장으로 활약하는 한편, 연해주에서 민족혁명단체의 통일에 전력을 다하였다. 11월에는 천도교 신·구파간의 내분을 수습하기 위하여 신파의 포조(浦潮) 대표위원으로 선임되어 협의를 성공시키기도 하였다. 1926년에는 양기탁을 포함하여 고활신·현정경·오동진 등과 천도교 혁신파 김봉국·이동구·송 헌, 노령에서 온 공산주의자 최소수·이규풍 등이 모여 길림성 영남호텔에서 조직한 고려혁명당(高麗革命黨)의 간부로 활약하였다. 1930년에는 한족총연합회(韓族總聯合會)의 지도당으로 조직된 신한농민당(新韓農民黨)의 위원장으로 일하였다.

　한편 조규태의 『한국민족운동사연구』 '1920년대 연해주지역 천도교인의 민족운동사'에도　김광희 선생의 활약상을 엿볼 수 있는데 이를 소개하면 다음과 같다. "천도교인들은 연해주지역에서 교구와 청년회를 설립하고 민족운동을 전개하였다. 3·1운동 후 함남 성진에서 시위를 전개한 김광희·강도희·김홍종, 길주에서 시위를 전개한 천태종 등이 블라디보스톡으로 망명하였다. 이들은 김치보·한용헌 등 이 지역의 민족운동가들을 입교시키고 정규

선·강수엽 등과 힘을 합하여 1921년 7월 천도교 블라디보스톡 교구를 설립하였다. 당시 교구장은 김치보, 종의사(宗議師)는 강도희였다. 블라디보스톡 교구의 천도교인들은 일본군이 연해주를 장악하고 있던 1920년 4월부터 1922년 10월까지 포교활동과 문화운동을 전개하였다. 특히 블라디보스톡 교구의 천도교인들은 1922년 4월부터 7월까지 국내 순회공연을 벌여 한인들에게 자신들의 노래와 춤을 소개하고 민족의식을 높이는 강연을 하였다.

한편 이 공연단에 속한 김광희·김치보·강도희·김홍종은 국내 순회강연 중이던 1922년 7월 14일 서울에서 최동희 등과 함께 고려혁명위원회를 조직하였다. 이들은 연해주가 공산화된 1922년 말 이후 연해주에서 공산주의를 수용하였다. 그리고 1923년 최동희가 연해주에 오자 그에게 사회주의자를 소개시켜 주고, 그와 함께 코민테른과 소비에트러시아 정부의 도움을 받아 천도교인들을 무장시키고 독립혁명과 사회혁명을 이루려고 하였다."

정부에서는 고인의 공훈을 기려 1991년 애국장(1963년 대통령표창)을 추서하였다.

완산의 봄을 되찾은
김인애

완산칠봉 봄바람 멈춘 지 오래
기미년 삼월 만세 전야

쓰개치마 속에 감춘
피 끓는 꿈 행여 들킬라

달님도 숨어버린 칠흑 같은 밤
태극기 품에 넣고
시린 별빛 동무하여 걸어가는 길

닭 우는 소리 아직
아득하건만

그래도 찾아 올 새벽을 위해
옷깃 여미며
완산의 언 겨울을 녹이던 임이시여

김인애(金仁愛, 다른 이름 최귀물, 1898. 3. 6 ~ 1970. 11. 20)

3·1운동 때 김인애 애국지사 (앉은이)
〈새전북신문 제공〉

"김인애는 머리가 대단히 영리했다. 가정환경도 좋아 남부럽지 않게 공부 할 수 있었다. 김인애의 아버지 김규배(金奎培)는 충청도 한산에서 살다가 전주로 이사해서 살았는데 기전학교 옆에 자리 잡은 거부였으며 당시 전주 제일의 명문가였다." 이는 전주기전학교의 역사를 기록한 『기전 80년사』 "김인애의 3·1운동 투쟁기와 13인의 서명"에 나오는 첫 기록이다.

그러나 『기전 80년사』는 김인애라는 이름 대신 최귀물(기물이라고도 함)이라는 이름으로 나와 있다. 김인애라는 이름을 쓰지 못한 것은 당시 독립운동에 큰 활약을 하던 큰 오빠 김인전(훗날 상해 임시정부의정원 의장 역임)의 여동생이라는 것이 밝혀지면 오빠 등 가족에게 누가 될 것을 염려하여 성은 외가 성을 따고 이름은 아명인 '기물'을 사용한 것이다. 이같은 김인애 애국지사의 변신술에 왜경은 감쪽같이 속아 넘어갔다.

1919년 3월 13일 전주 남문 독립만세운동에 참여했던 김인애 애국지사가 이른바 의식화에 눈을 뜨게 된 배경은 당시 만세운동을 주도했던 큰 오빠 김인전과 작은 오빠 김가전 목사 등 기독교 집안의 영향이 컸다. 충청도 한산에서 전주로 이사 온 김인애 애국지사의 큰 오빠 김인전 목사는 전주에서 독립 만세운동을 주도했던 분이다.

김인애 애국지사의 당시 기록에는 "1919년 12일 밤 집을 떠나는 광경이야 이루 말할 수 없다. (가운데 줄임) 두 겨드랑이에는 태극기와 독립선언서를 한 뭉치씩 껴안고 몸으로 감추기 위하여 쓰개치마를 쓰고 인적이 고요한 달 밝은 밤에 왜놈에게 발각이나 아니될까 무서워 떨며 남문아래 모 동지 집으로..."라며 독립만세운동 전야를 소상히 설명하고 있다.

또한 "남문 인경이 울리는 때를 단단히 하고 섰다가 뛰어 나가서 장터로 일제히 나가 독립선언서와 태극기를 뿌리고 대한독립만세를 부르니..."라면서 만세운동 당시를 생생히 기록했다. "수만 군중은 태극기를 집어 들고 대한독립만세를 실컷 불렀으며 우리가 경찰서 앞을 지나가는데 수만 군중이 따랐다. 그 때 기쁨이야 어찌다 기록하리오. 왜경들은 천만 뜻밖에 이게 무슨 소린가 하고 바라보면서 붉은 잉크를 들고 나와 막 뿌려서 표를 하여 잡아 들였다. 우리 연약한 여학생들 머리채를 잡아 막 흔들고 때리고 끌어 구둣발로 차고 박고 마구 치니 쓰러지고 넘어지며 뺨을 쳐도 대한독립만세를 불렀다"고 회상했다.

머리채를 낚아채고 군화발로 마구 차다

김인애 애국지사는 투옥생활 중의 이야기도 놓치지 않았다. "밤중에 왜놈 간수가 와서 마당에다 내어 놓고 차고 때리고 벌을 선일도 있다. 사흘 만에 혹은 일주일 만에 재판소에 가서 문초를 받고 또 다시 돌아온다. 부모님들은 행여나 죽이지나 아니 하였는가 피묻은 옷이나 아니 나오는지 하고 날마다 형무소 밖에서 세월을 울고불고 지내셨다."

한편 "대구형무소에서 법원으로 재판을 받으러 갈 때 용수(죄인들이 머리에 쓰는 기다란 모자)를 쓰고 다녔는데 여자들 13명이 한 떼를 이뤄 갈 때 물정 모르는 사람들이 "여자"들이 무슨 죄를 저질러 저렇게 재판을 받고 다니는지 수군거릴 때마다 정말 부끄러웠다." 고 회상했다.

김인애 애국지사의 남편 김종곤(金鐘坤) 씨도 숨은 독립운동가다. 김종곤 씨는 3·1 만세 운동 당시 신흥학교에서 만세 운동에 참여 하였다. 그는 당시 서울 중동학교에 다니고 있었는데 전주에 와 최종삼 씨와 함께 신흥학생들을 동원하여 만세 운동을 주동하였다. 그러나 그는 호를 조용히 산다는 뜻의 "시은(市隱)" 이라고 지을 만큼 나서지 않는 사람이었으며 자신의 독립 운동한 사실도 알리지 않았다고 손자 김상수 씨는 "새전북신문(2008.2.27)"에서 말했다. 김인애 애국지사는 1970년 72살을 일기로 숨을 거두었다.

정부는 고인의 공훈을 기려 2009년에 대통령표창을 추서하였다.

독립운동에 앞장 선 전주 기전의 딸들

"애들아, 우리도 역사상 위대한 발자취를 남긴 사람들처럼 자그마한 힘이지만 뭉쳐서 왜놈들을 물리치자. 이대로 있다가는 도대체 분통이 터져 못살겠다. 무슨 일을 해보자꾸나. 우리가 여학생이라 하여 남자들처럼 못할 이유가 어디 있니? 조금도 겁내지 말고 조국을 위해 무슨 일이든 하자."『기전 80년사, 1982』

1919년 3월 13일 정오. 기전의 딸들은 비운에 돌아가신 고종 황제의 명복을 비는 뜻으로 모두 상복으로 갈아입고 머리에 흰 띠를 질끈 동여맨 뒤 신발 끈을 단단히 조이고 남문의 인경(정오) 소리를 기다려 두려움 없이 거리로 뛰쳐나갔다. 그리고는 대한독립만세를 목이 터져라 외쳤다.

전주 장터에서 벌어진 이날 만세운동을 이유로 왜경은 전주기전학교 출신 여학생 최기물(본명 김인애, 20살), 최애경(18살), 최요한나(17살), 최금수(21살), 김공순(18살), 함연춘(21살), 정복수(17살), 송순태(18살), 김신희(21살), 강정순(21살), 임영신(21살), 김순실(17살), 김나현 (17살) 등을 잡아 들였다.

'기전학생 3·1운동 공판 판결문'에 따른 여학생들의 죄목은 "1919년 3월 13일 오후 1시무렵 수백 명의 군중과 더불어 남문시장 부근에서 태극기를 흔들며 대한독립만세를 불러 치안을 방해하였다."는 것이었다. 이들은 보안법 제7조 제령 제1조에 해당하는 죄를 들어 징역 6월에 집행유예 3년의 판결을 받았다. 3·1운동 역사상 이렇게 대규모의 여학생이 잡혀간 예도 드물었다. 이 소식이 상해임시정부에 알려지자 임시정부의 대통령을 지낸 역사학자 박은식 선생은 이들의 이야기를 『한국독립운동 지혈사』에 자세히 기록한 바 있다.

"우리가 어찌 너희의 판결에 복종하랴? 너희들은 우리 강토를 강탈하고 우리 부모를 학살한 강도이거늘 도리어 삼천리의 주인이 되려는 우리를 비법(非法)이라 하니 이는 불법(不法)한 판결이라."고 비분강개하던 여학생들의 불굴의 나라사랑 정신을 그대로 이어받은 곳이 전주 기전여자고등학교이다.

학교 이름을 기전(紀全)이라고 지은 것은 'Junkin Memorial'에서 유래한 것으로 전킨 목사는 1892년 한국에 와서 선교활동을

1930년대 기전여학교 학생들과 선생님

했다. 그는 아내가 운영하던 기전여학교에 많은 도움을 주다가 1908년 1월 2일 세상을 떠났다. 이에 전킨(全緯廉)을 기념하기 위해 기전여학교라고 이름을 지은 것이다.

개교 당시만 해도 트레머리에 쓰개치마를 쓰고 외출하던 소녀들은 머지않아 쓰개치마로부터의 자유를 외치며 여성 차별로부터의 해방의 길을 걷게 된다. 그러나 외형의 변화와 달리 자신의 고장 전주에 대한 긍지와 애착은 강했으며 그것은 자연스런 국가의식과 연결되었다. 1937년 7월 중일전쟁을 일으킨 일제는 노골화된 조선인 탄압의 하나로 궁성요배, 황국신민, 신사참배 등을 강요하기 시작했다. 이에 저항한 기전여학교는 1937년 10월 5일 일제가 강요한 신사참배를 거부하고 자진 폐교의 길을 걷게 된다. 이후 1946년 11월 26일 일제의 패망으로 만 9년 만에 인문과 4년제로 복교하게 된 것이다.

기전여자고등학교는 2005년 3월 21일 효자동 393번지에 신축교사를 짓고 현재의 장소로 이전하였다. 6명의 소녀로 시작한 기전학교는 전국적인 만세운동이 벌어지던 1919년 3월 13일 김공순(1995년 대통령 표창) 애국지사를 비롯, 함연춘(2010년 대통령 표창) 등의 애국지사와 당시 교사로서 이들을 길러낸 한국현대사에 커다란 발자취를 남긴 박현숙 애국지사 (1980년 건국포장) 등 쟁쟁한 여성독립운동가를 배출했다.

-글쓴이는 2012년 12월 19일자 '오마이뉴스'에
전주기전여학교 탐방 기사를 실었다-

더보기

오라버니 김인전 선생은 임시정부의정원에서 활약한 독립지사

김인전 (金仁全, 1876. 10. 7 ~ 1923. 5.12) 애국지사는 충청남도 한산에서 태어나 전주로 이사하여 서문밖 교회 목사로 활동하면서 독립운동에 참여하였고 3 · 1만세 운동 이후 상해로 망명하였다. 1919년 4월 상해에서 임시정부가 들어서자 임시정부의 소속원으로 본격적인 독립운동을 시작하였다.

1920년 2월 상해 대한민국임시정부의 의정원(議政院) 재무예산위원(財務豫算委員)으로 뽑혀 임시의정원의 살림을 도맡아 하였다. 의정원에서는 인구세(人口稅)의 징수, 나라안팎에서 독립공채 발행, 구국활동을 위한 재정단을 조직하는 일을 맡았으나 예산과 결산만큼은 행정부에 전담하였다.

또한 군사교육의 실시와 독립전쟁을 하기 위한 지역 선정, 외국의 사관학교에 무관학생(武官學生)을 파견하고 군사선전대를 마련하는 따위의 직접적 전쟁에 대비키 위한 전열을 가다듬는 등 안건을 내세워 실천토록 하였다. 이렇듯 의정원의 안건설정, 임시정부의 시정방침 등 활발한 활동으로 1920년 4월 의정원 부의장에 선출되었으며, 1921년 5월 사임할 때까지 임시 의정원을 이끌었다.

1922년 10월 김 구, 조상섭, 이유필, 여운형 등과 한국노병회(勞兵會)를 발기하여 군대 양성과 독립전쟁의 비용 조달에 주력하였는데 그는 노병회 이사에 선임되었으며, 1923년 4월에는 경리부원으로 활동하였다. 노병회는 1932년 10월 해산할 때까지 무장 항일 투쟁을 위한 간부양성에 많은 공헌을 하였다.

정부에서는 고인의 공훈을 기려 1980년에 건국훈장 독립장을 추서하였다

노동자들의 독립운동을 이끈
김필수

침략자의 군홧발 아래
신음하는 헐벗은 동포 위해
노동자 권리를 찾아 뛴 세월

형제들이 흘린 피땀
결코 헛되게 할 수 없어

모스크바 혹한의 추위 속에서도
원산 부둣가 노동 현장에서도
피 흘리던 동포의 손을 부여잡고
일제에 저항하며 투지를 펴시던 임

끝내는 왜놈에 잡혀
함흥 감옥 차디찬 옥살이 속에서도
결코 포기 하지 않은 독립의 의지
동지들 가슴에
한줄기 빛이었어라

김필수(金必壽, 1905. 4. 21 ~ 1972. 12. 4)

동덕여학교 출신인 김필수 애국지사는 1926년 12월 5일 서울 낙원동에서 여성들의 대중적 교양과 조직적 훈련을 목적으로 중앙여자청년동맹(中央女子靑年同盟)을 조직하였다. 같은 해 조선공산주의청년회(朝鮮共産主義靑年會)에 가입하여 독서회와 웅변모임 등을 조직하였으며 이 모임을 통해 청년 특히 여성 청년들에게 항일민족독립에 관한 선전활동을 적극적으로 전개하였다. 1928년 3월 고려공산청년회(高麗共産靑年會) 학생부 위원으로 활동하였고, 같은 해 7월 근우회(槿友會) 중앙집행위원(中央執行委員)으로 뽑혔다.

김필수 등 3명 공판회부 기사 (1935년 12월 30일 동아일보)

1928년 10월 러시아로 건너가 모스크바 동방노력자공산대학에 입학하여 수학하였다. 1932년 5월 대학 졸업 후 모스크바 교외에 있는 우제르나 휴양소에서 국제노동운동에 대한 문제와 지하공작에 관계되는 기술과 지식을 배웠다. 그해 9월 국제직업동맹 중앙본부로부터 조선의 함흥과 흥남지구에서 적색노동조합을 조직하라는 비밀 임무를 맡고 1933년 5월부터 함경남도 흥남, 함흥, 원산 등을 중심으로 태평양노동조합운동과 조선공산당재건운동을 펼쳤다.

김필수 애국지사는 1935년 봄 흥남경찰서에 체포되어 1936년 3월 함흥지방법원에서 치안유지법 위반으로 징역 3년 6월을 받고 함흥형무소에서 옥고를 치렀다.

정부는 고인의 공훈을 기려 2010년에 건국훈장 애족장을 추서하였다.

처녀들에게 국문을 가르켜주겠습니다

동덕여학교 김필수

체계적으로 공부를 잘하지 못했기 때문에 공부에 힘이 듭니다. 그러므로 별다른 생각은 갖지 못합니다. 단지 돌아가서 복습이나 잘해볼까 합니다. 그런데 우리 시골은 김해이고 더욱이 경제의 압박이 많아서 모든 사람의 정신이 혼잡한 중에 있습니다. 우리 집은 더 한층 경제 곤란이 심하기 때문에 가정이 그리 평화스럽지 못합니다. 그러므로 무엇이나 미리 작정치 못합니다. 그런데 우리 촌에는 공부하는 사람이 저 한사람뿐이요, 그렇기 때문에 무슨 일에나 퍽 조심합니다. 저 하나 잘못함으로서 모든 여학생이 욕을 당하게 됩니다. 그래서 매양 여름동안에 가더라도 그리 놀거나 그러지 않습니다. 또 이곳저곳으로 마구 다니지 못합니다. 그래서 작년 여름에도 그곳에 보통학교가 멀고 부모가 완고 하여 공부 못하는 일가 집 처녀 사오 명을 데리고 언문 같은 것을 가르쳐보았습니다. 재미는 있었습니다. 금년 여름에도 돌아가서 시간이 있는 대로 힘을 써서 처녀들에게 언문이나마 가르치려고 합니다. 또 여러 가지로 이야기 같은 것이라도 해서 그들의 묵은 사상을 각성 시키는 노력을 하려고 합니다.

- 1925년 〈신여성〉 개벽사 -

중국, 일본, 미국의 〈여성독립단체〉는 어떤 조직이 있었나?

항일 민족독립운동의 중심지인 만주를 비롯한 상해·천진 등지의 한인 부인사회에서는 3·1운동 이후 여권을 확장하기 위해서는 여성의 독립의식을 함양시키는 여자교육이 선행되어야 한다고 믿었다. 그리고 장차 수행될 독립전쟁에는 여성들도 남자와 동등한 국민 자격으로 참여해야 한다고 생각했다. 그리하여 애국부인회운동이 곳곳에서 일어나게 되었는데 상해애국부인회, 훈춘애국부인회, 천진애국부인회, 간도부인애국회, 안주독립부인단 등이 그것이다.

대한민국임시정부가 수립된 상해에는 국내외의 독립운동 지도자들이 모여들었는데 그 가운데는 1920년 2월 현재 30여 명의 지도급 여성들이 있었다. 이들은 거의 모두 근대교육을 받은 여학교 출신들로서, 3·1운동 이래 국내에서 광복운동을 하다가 왜경에 잡혀 들어가 옥고를 치른 사람을 비롯한 민족독립운동계의 대표들이었다. 이들은 1919년 10월 13일 애국부인회를 조직, 국내외 애국부인회의 총본부로서의 역할을 하였다. 또한 임시정부 요원으로 국내에 잠입하여 독립활동을 비밀리에 도왔으며 상해에서는 부녀들이 할 수 있는 여러 가지 사업들을 추진하여 임시정부 활동에 이바지하였다.

그들은 독립활동에 필요한 자금을 모으고자 민족독립정신을 진작시키는 연극회·연예회 등을 열었고 독립운동에 관한 수천 부의 사진첩을 만들어 서양인들과 중국인들에게 나눠주며 조선의 독립을 알렸다. 또한 태극기를 만들고 독립운동에 도움이 되는 기념품을 만들어 우리의 독립을 지원하는 세계 인사들에게 보내는 등 중요한 외교적 역할을 하였다. 더 나아가 독립운동 사료와 선전 자료를 수집하였으며 재무부의 징수원, 군무부의 의용병 권유 활동을 하였고, 학교 교사와 적십자회 간호부로서 독립전쟁을 준비하는 등 그들의 사업은 자못 다양하였다.

이러한 애국부인회의 활동에 대하여 당시 〈독립신문〉(1920년 2월 17일)에서는 "상해 남자는 아무 사무 없이 노는 자 (優遊)가 있으나 여자는 1인도 그러한 자가 없다"고 높이 평하였다. 1923년 국민대표대회 이후 임시정부의 위상이 약해지면서 애국부인회의 활동도 그 영향을 받게 되었다. 그리하여 1925년 12월에 조직된 상해 한국여자구락부(上海韓國女子俱樂部)는 정치·경제에서의 남녀평등 실현과 신생활을 개척할 실천적 학술연구와 정신적 수양 및 신체적 단련을 목표로 활동하였다. 이후 대표적 민족운동계 부녀단체로 활동하였다.

우리의 독립운동계는 그 운동의 활성화로서 1920년대 초에 사회주의사상을 일부에서 수용하였다. 여성계도 예외일 수 없었다. 1922년 모스크바의 극동인민대표대회에 여성계 대표로서 김원경과 권애라가 참여하였다. 사회주의계의 부녀운동론은 정치·경제·사회·문화 제반에 걸쳐 보다 철저하게 성평등을 제시하였다.

러시아 해삼위(블라디보스톡)에는 일찍이 이주 한인들로 한인 촌이 형성되어 있어 조국 광복을 위한 독립운동이 활발하였다. 노인동맹단에 가입하여 남자들과 같이 활동하는 부녀들도 많았다. 부녀들의 의지로 활동하고자 조직된 단체로는 소녀애국단, 노부인회 등이 있으며, 1923년 국민대표대회에 해삼위 부녀계의 대표로 참여하였다. 이들은 민족독립의식을 일깨우는 갖가지 사업을 하였다.

　일본에서는 1920년 3·1운동 1주년 기념에 동경유학생들이 동경 히비야공원에서 만세시위를 하다가 일경에게 체포 구금되었는데 황신덕을 비롯한 여학생들도 참여하였다. 이후 사회주의사상에 입각한 여성운동이 강세를 띠어 정칠성 등 유학생들이 삼월회를 조직하여 국내여성운동에도 적지 않은 영향을 미쳤다.

　국외 여성항일운동에서 괄목할 만한 것은 하와이의 부인구제회와 미주 서부지역에서 주로 활동한 대한여자애국단이다. 1919년 3월 15일 하와이 각 지방 부녀대표 41명이 호놀룰루에서 조국독립운동 후원을 결의하고, 29일 2차대회에서 대한부인구제회를 결성, 회장으로 황마리아를 선출하였다. 이들은 임시정부의 외교선전사업에 동참하여 조국의 독립을 국외에 선전하고, 3·1운동 사상자와 그 가족에 대한 구제사업을 하고 군자금을 모아 임시정부에 보내는 등의 광복운동 후원 사업을 꾸준히 하였다.

　대한여자애국단은 3·1독립선언의 소식을 접한 뒤 캘리포니아 각지에서 활동하던 부인회들이 1919년 8월 2일 다뉴바에 모여 합동 발기대회를 열고 대한인국민회 중앙총회로부터 5일에 인준을 받아 정식 발족하여 활동하였다. 이 단체는 본부를 처음에는 샌프란시스코에 나중에는 로스앤젤레스에 두고 다뉴바·사크라멘토·샌프란시스코·로스앤젤레스·윌로우스·오클랜드를 비롯하여 멕시코의 메리다와 쿠바의 마탄자스·하바나·갈데나스 등지에까지 지회를 둔 대규모의 조국광복 후원단체였다.

　　이들은 군자금을 정기적을 모집하여 임시정부 등 독립운동 단체에 보냈으며, 항일중국군과 광복군 창설 때도 지원금을 보냈다. 또한 태평양전쟁 때는 미국 적십자사업을 도왔고 미국정부 발행의 전시공채 매입·발매사업 등 눈부신 후방 공작사업을 하였다. 한편 교포사회의 질적 향상을 위한 사업들도 꾸준히 이어 나갔다. 대한여자애국단의 활동은 평등하고 민주적인 정신을 기조로 하였고, 그들의 활동이 중국·미국 등의 우방국으로부터 적지 않은 인정을 받았다.

-『신편한국사』 49권 (2) 해외 항일여성운동 참조 -

평북 선천 가물남의 독립투사
박신원

층층시하 시어른들 아들 바라던 집에서
내리 딸 여섯을 낳고
절망의 그늘에서 신음하던 날

여자나 남자나 목숨은 같고
귀함과 천함이 금전에 있지 않다며
감은 눈 뜨게 한
휘트모어 선교사 뜻 따라

딸들이 자유롭게 커나갈 조국은
어미가 지켜야 한다고 몸부림친 세월

저들이 불구덩이 속에 던진 육신
광복의 지팡이로 다시 살아나
조국의 찬란한 빛으로 살아났어라

박신원(朴信元, 1872 ~ 1946. 5.21)

"경신 언니와 어머니(박신원 애국지사)가 독립운동 한다는 것을 알아차린 왜경은 어머니 뒤를 조사하여 체포하려했다. 어머니는 친척집 곳간 독 뒤에 숨어서 얼마간 햇빛도 못보고 나타나지 않았으며 이웃이 알까봐 몰래몰래 음식을 갖다 드렸다. 그곳에 당분간 계시다가 마음이 놓이지 않아 사십리 떨어진 친척 고모님 댁에 피신해 얼마동안 계셨다. 어머니는 경신언니와 같이 독립단의 통신 중책을 맡아서

일제가 불구덩이 속에 던졌지만 구사일생으로 살아나 독립운동을 한 박신원 애국지사

독립자금의 전달과 국내정세를 비밀리에 통지하는 일을 하셨으니 왜경이 체포하려고 하는 것은 당연한 일이었다."

박신원 애국지사의 딸 차경수는 그의 자서전에서 어머니의 독립운동 사실을 이렇게 증언하고 있다. 박신원 애국지사는 선교사 휘트모어(N.C. Whittemore)가 1897년 선천 가물남에 첫 방문했을 때 기독교를 알게 되었다. 그가 남들보다 빨리 기독교를 받아들인

까닭은 그의 환경 때문이었다. 구한말 선비 박취호의 딸로서 삼대 독자인 차기원과 혼인한 박신원 애국지사는 홀로 된 시아버님을 모시고 살았으나 내리 딸만 여섯을 낳는 바람에 문중으로부터 정신적 압박을 받아야 했다.

그러한 상황에서 남녀평등을 주장하는 기독교 교리는 그에게 새로운 세상을 맛보게 하였다. 남녀평등뿐만이 아니었다. 모든 인간은 존엄성을 갖고 태어난 존재이며 천부적인 인권을 갖고 있다는 이야기를 접하면서 조선인이 일제에 차별받고 인권유린 당하는 것에 대한 자각이 싹트기 시작했던 것이다. 그리하여 여성도 남성과 마찬가지로 근대적인 교육을 받아야 장래에 희망이 있다고 그는 생각했다. 그래서 딸들의 교육에 누구보다도 앞장섰다.

박신원 애국지사는 만주에서 민족교육운동에 힘쓰면서 평북 선천에서 독립단의 통신연락을 맡았다. 또한 독립자금을 임시정부에 보내는 일, 평양감옥에서 탈출한 독립지사를 만주로 도피시키는 일 등의 활동을 전개하였다. 1920년 말을 전후하여 간도지역에서 활동하고 있던 주요 독립군 부대들이 소련으로 이동한 이후에도 대한독립단, 광복단, 광복군총영 등이 잔류하여 활동하고 있었는데 이들 단체들은 효과적인 대일 투쟁을 전개하기 위하여 1922년 8월 대한통의부(大韓統義府)를 조직하였다.

그러나 대한통의부가 분열되면서 통의부의 군사조직인 의용군은 상해에 있는 대한민국임시정부와 손을 잡고 1923년 8월, 임시정부 군무부 산하의 육군주만참의부(陸軍駐滿參議府)로 재편성 되었다. 이 시기에 박신원은 1924년 4월 중순 흥경(興京)에서 동지

27명과 함께 민족교육과 여성권익향상을 목적으로 여자교육회를 조직하는 등 활발한 활동을 전개하였다.

　그 뒤 만주 관전현(寬甸縣)으로 망명하여 생활하던 중 일본군의 습격을 받고 불 속에 던져지는 등 고문을 받고 구사일생으로 살아나 죽는 날까지 독립운동에 온 힘을 쏟았다.

　정부에서는 고인의 공훈을 기려 1997년에 건국포장을 추서하였다.

박신원 애국지사의 딸 차경신 선생도 독립지사

언어와 의복 같은 동족이
한마음 한뜻 든든하구나
원수가 비록 산해 같으나
자유의 정신 꺾지 못하네

-국혼가 가운데서-

역사가 오래된 나의 한반도야
내 선조와 유적을 볼 때에
너를 사모함이 더욱 깊어진다.
한반도야

-한반도 가운데서-

차경신 애국지사의 동생 차경수 선생은 경신 언니가 죽고 나서 유품을 정리하던 중 언니 수첩에 고국을 사모하는 노래, 절개의 노래가 여러 종류 적혀 있었다면서 『호박꽃 나라사랑』에 여러 편의 시를 소개했다. 위 시는 그 가운데 일부다. 낯설고 물선 남의 땅 중국에서 부모형제와 떨어져 갖은 고초를 겪으면서도 오매불망 고국을 사랑하는 심정을 적어 놓은 유품을 정리하던 동생의 마음이 어땠을까를 생각하니 코끝이 찡하다.

차경신 애국지사와 가족의 이야기를 담담하게 써내려간 차경수 선생의 『호박꽃 나라사랑』에는 언니 차경신 뿐만이 아니라 어머니의 독립운동 이야기도 뚜렷이 기록되어있다.

"언니(차경신)와 어머니(박신원)가 독립운동 한다는 것을 알아 차린 왜경은 어머니의 뒤를 조사하여 체포하려 하였다. 남의 집에 몰래 숨어 있던 어머니는 어느 날 왜경들이 우르르 고씨 집안으로 몰려와 손에 잡히는 가구를 마당으로 가지고 나와 불을 질렀다. 그 리고는 필사적으로 저항하는 어머니를 불에 태워 죽이려고 불구덩 이에 밀어 넣었다. (가운데 줄임) 일제 강점기 애국지사들을 감옥 에 가두고 악형을 한다는 이야기는 들어 보았지만 어머니처럼 몹 시 때려서 불구덩이에 집어넣는 일은 들어 보도 못한 극형이었다."

차경수 선생은 어린 시절 어머니와 경신 언니의 만주에서의 활 동을 소상히 기억하여 기록으로 남겨 놓았다. 참으로 일제가 한 짓 은 천인공로할 일이었다.

차경신 애국지사는 평북 선천이 고향으로 1892년 쌀장사를 하던 아버지 차기원과 어머니 박신원 사이에서 큰딸로 태어났다. 일찍 부터 어머니의 기독교 신앙을 토대로 여성도 배워야한다는 소신을 갖고 있던 어머니 덕에 16살에 보성학교를 거쳐 정신여학교를 졸 업하였다. 1919년 2월에는 일본 요코하마여자신학교에 유학하였 는데 이때 동경에서 있었던 2·8독립선언을 보면서 국제정세 변화 를 독립운동의 절호의 기회로 삼아야겠다는 생각을 품게 되었다.

마침 유학 와 있던 김마리아와 함께 동지가 되어 비밀리에 2·8 독립선언문을 가지고 입국하여 대구로 갔다. 그곳에서 김순애와 서병호를 만나 여성의 독립운동 참여를 꾀해 부인회를 조직한 뒤

1936년 대한여자애국단 창립 17주년 기념사진. 앞줄 오른쪽 세 번째 차경신 선생
(독립기념관 제공)

평북 선천에서 신한청년당(新韓靑年黨)의 이름으로 50여명의 회원을 모집하고 3월 1일에 독립선언을 하고 만세운동에 나섰다.

1919년 11월 무렵에 대한청년단연합회(大韓靑年團聯合會) 총무 겸 재무로 뽑혀 국내외를 다니면서 군자금을 모집하였다. 12월에는 국내 여성독립운동 상황을 시찰하고 격려하기 위해 각처를 돌아 다녔으며 삼도여자총회(三道女子總會)를 열어 결속을 다졌다.

이듬해 1920년 3월 1일에는 평북 선천군에 있는 보성여학교와 신성학교 학생들이 주도한 독립만세 시위운동에 참여하였다. 차경신 애국지사는 보다 구체적으로 항일독립운동을 전개하기 위하여 1920년 8월 상해 임시정부로 건너가 도산 안창호를 도와 국내를 오가면서 비밀요원으로 활약하였다. 1921년 1월에는 대한국민회(大韓國民會), 부인향촌회(婦人鄕村會)와 연계하여 군자금을 모금하였으며, 같은 해 9월 정애경, 최윤덕 등과 여자연합단(女子聯合團)

의 대표로 임시정부에 자금을 지원하였다. 10월 26일에는 평남 평양부 김상만이 모금한 4백여 원의 군자금을 임시정부에 전달하는 등 조국독립운동을 뒷받침하는 자금조달에 일익을 담당하다가 1921년에는 몸이 극도로 쇠약해져 상해 홍십자(紅十字)병원에 입원하기도 하였다. 1924년 1월 미국으로 건너간 차경신 애국지사는 초대 애국부인회 회장과 대한인국민회(大韓人國民會) 회원으로 독립운동을 계속하였고, 로스앤젤레스에 한국어 학교를 설립하여 초대 교장으로 교포 자녀들의 교육에 진력하였다. 1931년 로스앤젤레스 한국어학교 교장직을 그만두고 미국 샌프란시스코에 있던 애국부인회 총본부가 로스앤젤레스로 옮기게 되자 1932년부터 1939년까지 애국부인회 총단장에 재임하면서 각지에 지회를 조직하는 등 활동하였다. 애국부인회에서는 임시정부, 독립신문사, 광복위로금, 구미위원부(歐美委員部), 군축선전비, 만주동포구제금 외에도 국내 수재의연금, 고아원 원조비 등 독립운동과 구제사업을 위해 힘썼다. 1924년 미국으로 건너간 뒤 조국광복의 날까지 독립운동을 위한 군자금 조달과 여성교육에 큰 몫을 담당했던 차경신 애국지사는 1978년 9월 28일 54살의 일기로 로스앤젤레스 작은 마을에서 숨졌다.

정부에서는 고인의 공훈을 기려 1993년에 건국훈장 애국장을 추서하였다.

-위는『서간도에 들꽃 피다』〈4권〉'차경신 애국지사' 편에 실린 글로 더 자세한 것은 〈4권참조〉 -

의친왕 망명을 이끈 대동단의
박정선

붉은 담장 안 맴돌던 고추잠자리
빙 빙 돌다 어디로 가나
철창에 갇힌 이 몸 날고 싶어라

누천년 사직을 되찾기 위해
천릿길 상해로 떠나는 황손
가는 걸음마다 놓인 돌부리
어찌할거나 어찌할거나

조선의 영원한 독립을 완성하자
세계 영원의 평화를 확보하자
사회의 자유 발전을 널리 실행하자고
대동단 동무들과 목청껏 외친 삶
광복의 꽃으로 활짝 피었네.

박정선(朴貞善, 1874 ~ 모름)

"대동단을 조직하여 조선독립을 실현하기로 하고 김가진을 총재로 일본과 혈전할 것을 선언하는 문서를 인쇄하고 구 보부상을 규합, 이를 배포하게 하여 군중과 함께 조선독립만세를 부르는 등 치안을 방해한 사실이 있는 자이다"

이는 1920년 12월 7일자 경성지방법원에서 47살의 박정선 애국지사에게 내린 판결문이다. 죄명은 "정치범, 처벌령위반, 출판법위반, 보안법위반, 사기" 등 무려 5가지다. 80여 년 전 여자 나이 47살이면 결코 적은 나이가 아니다. 박정선 애국지사는 대동단(大同團)의 일원으로 이른바 제2차 독립선언 계획에 따라 독립선언서를 배포하고 대한독립만세를 부른 것이 주된 죄목이었다.

박정선 애국지사가 대동단에 가입한 것은 1919년이다. 3·1만세운동의 토양 위에서 조직된 대동단은 온 겨레의 대동단결을 표방하며 한국의 독립을 주장하였다. 대동단은 비밀결사로서 대동신보(大同新報)를 발행, 배포하는 등 민족의식 고취를 위해 활동하였다. 그러던 중 국내에서 활동이 어려워지자 조직을 중국 상해로 옮기고, 의친왕(義親王) 이강(李堈)의 상해 망명을 추진하였으나 그만 일제에 들켜 좌절되었다.

이후 대동단은 제2차 독립선언 계획을 통해 일제 식민통치의 부당성과 3·1만세운동을 무자비하게 진압한 일제의 야만성을 꾸짖

氏	名	年 齢		年 月 日生	指 紋 番 號
朴貞善		身 長	尺 寸 分		No.
		特 徵			

서대문형무소에 갇힌 박정선(1919.10.2) 수형자카드 (국사편찬위원회 제공)

고 한국 독립을 외쳤다. 1919년 11월 28일 박정선 애국지사는 서울 안국동 광장 등지에서 태극기를 들고 독립만세를 부르던 중 왜경에 잡혀 징역 1년을 받고 옥고를 치렀다.

정부는 고인의 공훈을 기려 2007년에 건국훈장 애족장을 추서하였다.

더보기

대동단(大同團)은 어떤 단체인가?

1. 조선 영원의 독립을 완성 할 것
2. 세계 영원의 평화를 확보 할 것
3. 사회의 자유 발전을 널리 실행할 것

이는 1919년 5월 20일에 작성한 대동단선언서의 3대 강령이다. 3·1만세운동의 열기가 채 가시기 전인 1919년 3월 말에 봉익동 전협(全協)의 집에서 '조선민족대동단'이라는 이름의 독립단체가 결성되는 데 이를 대동단이라고도 불렀다. 단원은 귀족·관리·유학자·종교인·상공인·청년·학생·부녀자·의병 등 각계각층 11개 사회단체 대표자들로 구성되었으며, 비밀을 유지하기 위해 점조직으로 조직되었다. 경기·충청도·전라도·평안도·만주 안동현 등 각지에 지부를 설치하고 단원과 자금을 모집하였다.

총재는 김가진, 군자금 등 재정은 전협, 선전 및 대외활동은 최익환 등이 맡았으며, 김찬규·박영효·민영달 등이 참가하였다. 선언문·진정서·포고문 등을 인쇄, 배포하거나 《대동신보(大同新報)》를 비밀리에 제작하여 일반인과 학생들에게 독립운동에 힘쓸 것을 호소하였다. 그러나 1919년 5월 23일 일본경찰에 들켜 문서 책임자 최익환, 인쇄 책임자 권태석, 자금조달 책임자 이능우, 노동자 배포책임자 나경섭, 일인 배포책임자 김영철 등이 체포되었다.

대동단 활동 중 고종의 아들 의친왕 이강(李堈)을 상해로 탈출시키려 기도한 사건은 유명하다. 대동단의 전협·정남용·김가진 등은 의친왕을 상해로 탈출시켜 임시정부에 참여하게 하여 외교적 효과를 얻으려는 한편 의친왕과 김가진 등의 이름으로 제2차 독립선언서를 발표하여 내외의 관심을 고조시켜 독립운동을 촉진시키기로 하였다.

김가진이 먼저 상해로 건너갔고 의친왕은 상복(喪服)으로 가장하여 중국 둥베이 지방 안둥(현 단둥)까지 갔으나 그곳에서 일본 경찰에 들켜 실패로 돌아갔다. 이 사건으로 전협과 최익환 등 31명이 징역 6개월에서 8년까지의 실형을 받았다.

그 뒤 대한민국임시정부의 나창헌 등이 독립대동단의 활동을 계승하여 정남용이 붙잡히기 전까지 각종 선언서·기관방략(機關方略)·포고문 등을 등사하여 전국에 배포하면서 독립운동을 위해 뛰었던 단체이다.

호남의병장 남편과 함께 뛴
양방매

천추의 핏자국 남기고
서른둘 나이에 순국한 남편
차마 뒤따르지 못하고
우러른 하늘

몸은 가도 얼은 남는 것
의병장 피 흘려 지키던 조국의 광복
이 목숨 다해서 지켜 내리라
피로써 맹세한 인고의 세월

홀로 맞은 반쪽의 광복이지만
임 뵈올 그날 그리며
꿋꿋이 지켜온 절개

푸른 하늘 흰 구름은 알까?

양방매(梁芳梅, 1890. 8.18 ~ 1986.11.15)

1908년 9월 20일 밤, 장흥 신풍에서 전투를 마친 강무경 의병장은 온 몸에 신열이 나고 피로가 엄습해 더 이상 나아가지 못하고 평소 인연이 있던 영암 금정면의 선비 양덕관(梁德寬) 집을 찾는다. 양 선비 집에 도착한 강 의병장은 신음 소리를 내며 누워 있었는데 이를 간호 해준 사람이 양 선비의 둘째딸 양방매 처녀이다. 아버지 양 선비는 이들이 좋은 배필이라 여기고 이들의 혼례를 치러주었다. 강 의병장이 양 선비 집을 찾은 지 이틀만의 일이다. 강 의병장이 몸을 회복하기 무섭게 일본군의 대토벌작전 소식이 들려왔다.

강 의병장은 채비를 차리고 집을 나서야했으나 차마 발길이 떨어지지 않았다. 그때 아내인 양방매가 따라나서면서 "죽어도 같이 죽고 살아도 같이 산다."는 말을 하며 갈 길을 재촉했다. "여자가 나설 데가 아니라."며 극구 말렸으나 양방매는 막무가내였다. 호남지역에서 활동한 대표적인 의병장 가운데 한 사람인 강무경의 부인 양방매는 남편을 따라 이렇게 항일전에 투신하였다.

전북 무주 출신의 강무경이 심남일과 함께 전남 함평에서 의병을 일으킨 뒤 영암으로 이동한 것이 두 사람을 맺어 주었지만 양방매의 아버지 양 선비와 20살 된 오라버니 양성일도 의병활동을 이미 하고 있었다. 강무경 의병장과 양방매는 집을 떠나 1년째인 1909년 10월 9일 전남 화순군과 능주면의 바람재 바윗굴에서 왜경

94살 때 남편의 무덤을 찾은
양방매 애국지사(1984)

에 체포될 때까지 전남 동남부 일대 산악지방을 무대로 유격전을 전개했다. 1년 동안 이들은 장흥·보성·강진·해남·광양 등지에서 전투를 벌였다.

특히 1909년 3월 8일 강무경 의병장은 남평 월교리에 머물다가 일본군 15명이 운곡으로 갔다는 보고를 받게 된다. 이에 작전계획을 세운 다음 본진을 장암에 두고, 의진을 5개 부대로 나눈 뒤 대치·대항봉·월임치·덕룡산·병암치 등지에 매복시켜 놓고 유인작전으로 협공을 벌여 다수의 일본 군경을 사살하는 등 큰 전과를 올린다.

그러나 1909년 9월부터 일제가 이른바 남한 대토벌작전을 벌여 호남의병에 대해 파상적 탄압을 가해오자 10월 9일 강무경과 함께 양방매도 체포되고 말았다. 남편 강무경 의병장은 1910년 9월 1일 심남일과 함께 대구형무소에서 순국하였고, 체포 당시 양방매와 심남일의 부인은 나이가 어리다고 풀어주어 가까스로 목숨만은 건졌다. 대구형무소에서 사형이 집행되기 전에 강무경 의병장의 나이는 32살이었다. 그는 최후 진술에서 "나라의 광복을 보지도 못하고 흙으로 돌아가게 되었으니 천주의 핏자국을 남긴 청강석이 되리라"는 말을 남기고 꽃다운 아내와의 이별을 고했다.

남편 강무경 의병장을 먼저 저 세상으로 보낸 양방매 애국지사는 스무 살 청상과부의 몸으로 의병 활동을 하다가 병사한 오라버니의 딸 등 친정조카를 기르며 모진 세월을 살아내야 했다.

양방매 애국지사는 남편과 사별한지 74년째인 1984년 8월 14일 서울의 국립현충원에 잠들어 있는 남편을 만날 수 있었다. 그로부터 2년 뒤인 1986년 9월 28일 96살의 일기로 양방매 애국지사는 남편의 뒤를 따랐다. 죽어서 비로소 이들 부부는 함께 할 수 있었다.

정부에서는 고인의 공훈을 기려 2005년에 건국포장을 추서하였다.

더보기

남편 강무경은 호남의 기개 높은 의병장

林下書生振鐵衣(임하서생진철의) :

　　　　　초야의 서생이 갑옷을 떨쳐입고

乘風南渡馬如飛(승풍남도마여비) :

　　　　　바람 따라 남으로 건너가니 말도 날아가듯 달리네

蠻夷若未掃平盡(만이약미소평진) :

　　　　　오랑캐들을 소탕하지 못 한다면

一死沙場誓不歸(일사사장서불귀) :

　　　　　모래사장에서 죽더라도 돌아오지 않으리라

이는 강무경 (姜武景, 1878 ~ 1910) 의병장과 결의형제를 맺은 심남일 의병대장이 지은 노래다. 강무경 의병장은 전북 무장군 풍

호남 의병장들 (앞쪽 오른쪽에서 두 번째가 강무경 의병장)

면 설천에서 태어났다. 필묵상(筆墨商)을 경영하고 있던 그는 기울어져 가는 국운을 통탄하고 있던 중 지역 유지인 심남일(沈南一, 1871. 2.10 ~ 1910.10. 4.)로부터 의병을 일으키자는 격문을 받고서 기삼연(奇參衍)·김준(金準)·김율(金聿) 등과 협의하여 김율의 의진에 입대, 심남일과 더불어 부장으로 활약하였다. 김율이 전사하자, 심남일을 통수로 추대하고 강무경은 전군장(前軍將)이 되어 의병을 거느리고 전라남도 일대에서 크게 활약하였다.

1907년 8월 한국군이 강제 해산되자 심남일과 협의하여 11월 1일 함평군 신광면에서 의거하여 심남일의 선봉장이 되었다. 1909년 5월 12일 석호산 일대에서 의병전의 효과적 전개를 위하여 의병장 안규홍(安圭洪)과 연합전선구축을 기획하였으나, 의병을 해산하라는 조직을 받고 7월 21일 영암에서 부득이 해산하였다. 그 뒤 의병장 심남일과 능주로 잠행하여 풍바람재(風峙) 바위굴에서 은신하던 중 10월 9일에 붙잡혀 안타깝게 서른두 살의 나이로 순국했다.

정부는 고인의 공훈을 기려 1962년에 건국훈장 독립장을 추서하였다.

기생의 이름을 천추에 기록하라
옥운경

많이 배우고 잘난 놈들
어디 나라 챙기더냐
기생이라 무시하지마라

대 한 독 립 만 세 !!!
노래 부르고 술 따르는 손으로
독립선언서를 쓰는
우리를 더럽다 하지마라

애국에 본디 귀천이 있다더냐

진주기생 수원기생 해주기생
술잔대신 태극기 높이 들고
남강, 팔달문, 해주 남문에서
붉은 피 흘리며 지켜낸 조국

겨레여!
기생의 이름을 천추에 기록하라.

옥운경(玉雲瓊, 1904. 6. 24 ~ 모름)

　"시냇물이 모여 대하를 이루고, 티끌 모아 태산도 이룩한다 하거늘, 우리 민족이 저마다 죽기 한하고 마음에 소원하는 독립을 외치면 세계의 이목은 우리나라로 집중될 것이요, 동방의 한 작은 나라 우리 조선은 세계 강대국들의 동정을 얻어 민족자결문제가 해결되고 말 것이다." 이것은 1919년 4월 1일 해주 만세 운동 때 쓰기 위해 옥운경을 비롯한 해주 기생들이 직접 한글로 쓴 독립선언서 내용이다.

　1919년 2월 말, 문응순(예명 月仙), 김성일(예명 月姬)은 고종의 국장을 보기 위해 상경했다. 슬픔에 가득찬 마음으로 국장을 보고

옥운경을 비롯한 기생들이 독립선언서를 쓰고 있다. (그림 한국화가 이무성)

때마침 일어난 만세운동에 참가한 뒤 해주로 돌아왔다. 해주의 만세운동은 3월 1일과 3월 9일에 이어 4월 1일에도 크게 일어났는데 이날 만세 시위를 주도했던 기생들은 옥운경, 김해중월, 이벽도, 김월희, 문향희, 문월선, 화용, 금희 등으로 이들은 모두 현장에서 잡혀가 해주 지방법원으로 넘겨져 감옥생활을 해야 했다.

특히 4월 1일 만세 운동에서 옥운경을 비롯한 해주 기생들은 남문 쪽을 향해 나가며 태극기를 흔들고 전단을 뿌리면서 대한독립 만세를 외쳤다. 이 소식을 듣고 모인 군중들이 3,000여 명에 달하였다. 이들 만세 행렬은 재판소를 거쳐 동문으로 들어와 다시 종로로 향했으며 해주종로경찰서 앞에 이르자, 돌을 집어 유리창을 부수면서 강력한 만세시위를 벌였다.

황해도에서는 해주, 서흥, 연안, 신주, 재령, 안악, 옹진을 중심으로 강력한 독립운동이 펼쳐졌다. 이 지역에서 일어난 독립운동 가운데 여성들의 활약이 눈부셨는데 특히 해주 기생들의 만세운동 참여는 타 지역과 견줄 수 없을 만한 것이었다.

"저 풀을 보라. 들불이 다 불사르지 못한다. 봄바람이 불면 다시 살아난다. 어찌 우리 2천만 국혼만이 그런 이치가 없겠는가! 이것이 내가 우리나라는 반드시 광복하는 날이 있다고 믿는 이유이다. (가운데 줄임) 3월 23일에는 기녀 독립단이 국가를 제창하고 만세를 부르면서 남강을 끼고 행진하니 왜경 수십 명이 급히 달려와 칼을 빼어 치려하자 기생하나가 부르짖었다. '우리가 죽어 나라가 독립이 된다면 죽어도 한이 없다'고 하자 여러 기생들은 강기슭을 따라 태연히 전진하면서 조금도 두려워하는 기색이 없었다."

박은식 선생은 『한국독립운동지혈사』 "진주기녀독립단" 에서 기생들의 독립운동을 이렇게 말했다. 그렇다. 나라의 존망을 앞두고 기생들도 그냥 바라다보지만은 않았다고 역사는 전한다. 진주뿐이 아니다. 해주에는 옥운경, 문재민 등이 있고, 수원에는 김향화와 33인의 기생들이 독립만세 운동에 앞장서는 등 전국적으로 기생들의 항일독립운동은 거셌다.

이날 시위를 주도한 해주기생 옥운경은 체포되어 1919년 9월 9일 해주지방법원에서 보안법 위반으로 징역 4월을 받고 해주형무소에서 옥고를 치렀다.

정부는 고인의 공훈을 기려 2010년에 대통령표창을 추서하였다.

황해도에서 활약한 여성독립운동가

해주에 이어 연안에서는 해주사립정내여학교 교사 김은주에게 전달된 독립선언문을 중심으로 만세 운동이 일어났는데 당시 김은주 선생은 늑막염을 앓고 있어 병색이 짙었기에 왜경의 눈을 피할 수 있을 것으로 판단하여 자신이 나서서 선언문을 친구 어머니 송충성에게 전달하였다. 연안지역의 만세운동은 3월 16일 서울에서 전달된 이 선언서를 가지고 만세운동을 전개하였으며 김은주와 송충성은 밤마다 태극기를 만들어 이날 시위에 쓸 수 있도록 도왔다.

재령지역에서는 3월 9일 만세운동이 일어났고 정신여학교 교사였던 장선희에 의해서 불씨가 당겨졌다. 재령이 고향인 장선희는 서울에서 독립선언서를 갖고 내려와 명신학교 교장 부인 김성모에게 전달했다. 그러나 이 보다 앞서 사립대영학교 여교사인 박원경이 서울로 상경하여 김태연 목사로부터 독립선언서 한 장을 받아와 고향에서 이것을 복사하고 태극기를 만드는 등 거사를 위한 만반의 준비를 하다가 그만 왜경에 3월 6일 들켜 시위계획이 수포로 돌아갔다. 그 뒤 3월 9일 날 장선희가 전달한 선언서로 만세운동을 다시 펼쳤으며, 박원경은 만세운동 주모자로 잡혀 2년 6개월을 감옥에서 보내야 했다.

안악지역은 1910년대부터 항일운동가들이 많이 몰려들었던 곳으로 그런 만큼 이곳은 왜경의 감시가 극심하던 곳이다. 따라서 만세운동을 준비하기가 매우 어려운 상황이었지만 3월 28일과 29일에 걸쳐 대규모의 만세운동이 일어났다. 3월 29일은 동창(東倉)의 장날이었다. 이날 낮 12시를 기해 남녀노소 할 것 없이 만세운동에 참여하였는데 현장에서 만세운동 주동자 50여명이 체포되었고 이 가운데는 여성도 상당수 포함되었다.

특히 서양선교사들의 당시 기록에 따르면 "동창(東倉)에 살던 31살의 과부는 만세운동을 하다 잡혀가 왜경이 심문하면서 그녀의 속옷을 잡아끌어 벗기려고 하였다. 이에 그녀는 완강히 거부하였고 이로 인해 그녀는 얼굴에 시퍼런 멍이 들도록 매를 맞아야 했다. 그러나 왜경은 끝내 그녀의 옷을 벗기고 몽둥이로 때려 실신시킨 뒤 차와 과자를 먹으면서 희롱을 하였다."고 한다. 이뿐만이 아니다.

"두 아이의 어머니인 여성도 이와 같은 수모를 겪어야 했으며 당시 만세운동에 참여한 숱한 여성들이 왜경에게 잡혀가 옷을 벗기는 수모를 겪었다. 이러한 사례들은 미국선교사들이 3·1운동 기간 중에 목격한 현장을 미국상원에 보고하여 미국상원 제 66차 의사록에 기재되어 있는 사실"이라고 박용옥 교수는 『한국여성독립운동사』에서 밝히고 있다.

옹진에서의 만세운동은 3월 1일 일어났으며 3월 1일 오후 2시 고종의 추도식을 한다는 구실로 교인들이 모여서 미리 준비한 독립선언서를 낭독하고 만세를 불렀다. 독립선언서는 서울에서 박희도의 처남인 김명신으로부터 의정여학교 출신인 조충성에게 전달되었다. 조충성은 김명신이 서울에서 받은 300장 가운데 30장을 건네받아 면사무소와, 헌병분대, 시장 등 사람이 많이 다니는 길목에 선언서를 붙이는 작업을 해나가다가 그만 잡혀 해주 감옥 신세를 져야했다. 경계가 삼엄한 가운데 독립선언서를 붙이고 다닌다는 것은 목숨을 담보로 하는 일이었음에도 여성들은 그러한 위험을 무릅쓰고 앞장섰던 것이다.

더보기

해주에서 명성이 높던 기생 문재민의 일생

해주 사람치고 남녀노소를 막론하고 문재민(향희) 양을 모르는 사람은 없다. 그리고 그를 말할 때는 반드시 과거 조선천지를 뒤흔들던 독립만세운동을 떠올리게 된다. 문재민은 해주군 송림면 수압리의 찢어지게 가난한 집에서 태어났다. 그의 아버지 문성관은 생계가 막막하자 13살 난 어린 딸을 해주읍내로 데리고 나와 기생 중매쟁이인 안산이(安山伊)라는 여자에게 2백 원(당시 집 한 채 값)을 주고 팔아넘겼다.

13살 때까지 집 밖에도 나가 보지 않던 재민은 어린 나이에 기생의 몸이 되어 화류계에서 눈물과 한숨으로 지새우면서도 기회만 되면 그 생활을 벗어나고자 안간힘을 썼다. 그러던 중 1919년 3·1운동의 만세 함성이 해주읍내에도 전해지자 이것이야말로 자신이 찾던 일이라는 생각에서 동병상린의 동료들을 모아 만세운동의 선봉자가 되었다. 열여섯 살 때의 일이다.

그러나 그를 기다리는 것은 만세운동 주모자라는 죄목으로 차디찬 형무소 신세였다. 갖은 고문 끝에 출옥하였으나 오도 가도 못할 신세가 된 것을 때마침 박계화 목사 부부가 딱한 소식을 듣고 열여섯 살의 재민을 거두어 개성의 호수돈여학교에 입학시켰다. 이때 향희(香姬)라는 이름을 버리고 재민(載民)이라는 이름으로 바꾸었고 밤낮으로 공부한 결과 줄곧 우등생을 놓치지 않았다. 이러한 가운데서도 자립을 생각하여 주경야독을 하면서 시골집의 동생까지 불러 공부를 시켰다.

이러한 억척스런 그의 노력은 호수돈여학교 고등과로 이어졌고 다시 경성의 이화학교로 전학하게 되는데 가진 것이 없지만 그의 미래는 희망으로 가득 찼었다. 그러나 연약한 그의 몸은 공부와 일을 병행하면서 망가지게 되었고 폐병까지 겹쳐 그만 24살로 숨을 거둔다. 민족의식이 뚜렷했던 기생 출신 문재민의 안타까운 이야기는 조선일보 1925년 12월 13일 치에 소개되었다.

*해주기생 옥운경 외에도 『서간도에 들꽃 피다』〈1권〉에서는 수원 기생 김향화와 33명의 기생을 소개하였고 〈2권〉에서는 안성 기생 변매화와 5명의 기생을 소개했다. 또한 〈3권〉에서는 해주 기생 문재민을 소개해 놓았다.

아우내의 횃불 높이 든
유관순

칠흑같이 어두운 이월그믐밤
집 뒤 매봉에 올라
아우내의 횃불을 높이든 임이여

바람 앞에 흔들리는 조국을 지켜달라고
뭇별들과 깍지 켜 약속하고
쏟아지는 총탄을 온 몸으로 막아내며
저들의 총칼에 당당히 맞서던 임이여

어머니 아버지 형제자매들
붉은 피 쏟으며 쓰러지던 거리

결코 한 발자국도
물러설 수 없는 겨레의 자존심으로
아우내의 횃불을 치켜든 임이여

그날
천지를 울리고 하늘도 울린
임의 절규
조국은 기억하리 천추에 기억하리

유관순(1902.11.17~1920. 10.12)

"천년이나 한번 씩 나타나는 크고 빛난 별이 바로 이곳에 내려와 1902년 12월 16일(양력)에 유관순으로 태어났다." 박화성 씨가 쓴 "유관순 열사 생가비문"의 첫줄은 그렇게 쓰여 있다. 유관순 열사가 태어난 아우내 (천안시 동남구 병천면 유관순 생가길 18-2)를 찾은 날은 지난 11월 초순으로 초가집으로 재현해놓은 생가는 단출했다.

초가집 안방에는 이화학당에 유학 중이던 유관순이 내려와 부모님과 함께 마을사람들과 1919년 4월 1일의 아우내 장터 만세운동을 의논하는 모습이 밀랍인형으로 재현되어 있었다. 관순은 1916년 기독교 감리교 충청도 교구 본부의 미국인 여자 선교사의 주선

서대문형무소 수형자 카드 속의 유관순 열사 (1919)

으로 이화학당에 교비 장학생으로 입학하여 고등과 1학년 3학기 때에 거족적인 3·1만세운동을 맞이하게 된다.

3월 5일 남대문 만세운동에 참여하였다가 조선총독부의 강제 명령에 의해 이화학당이 휴교되자 곧 독립선언서를 감추어 가지고 귀향하였다. 유관순은 인근의 교회와 청신학교 등을 돌아다니며 서울 독립만세운동의 소식을 전하고, 천안·연기·청주·진천 등 지의 교회·학교를 돌아다니며 만세운동을 협의하였다. 또한 기독교 전도사인 조인원과 김구응 등 마을 어른들과 만나 4월 1일의 아우내 장날을 이용하여 독립만세운동을 전개하기로 결의하였다. 4월 1일 아침 일찍부터 아우내 장터에는 천원군 일대뿐만 아니라 청주·진천 방면에서도 장꾼과 장꾼을 가장한 시위군중이 모여들기 시작하였다. 오전 9시, 3천여 명의 시위군중이 모이자, 조인원이 긴 장대에 대형 태극기를 만들어 높이 달아 세우고 독립선언서를 낭독한 뒤 독립만세를 부르자 아우내 장터는 삽시간에 시위군중의 만세소리로 진동하였다.

이때 유관순은 미리 만들어 온 태극기를 시위 군중에게 나누어 주고, 시위대열의 맨 앞에 서서 독립만세를 외치며 장터를 시위 행진하였다. 독립만세운동이 절정에 달하던 오후 1시 긴급 출동한 일본 헌병에 의하여 시위대열의 선두에 있던 한 사람이 칼에 찔려 피를 토하면서 쓰러졌다.

이날 시위에서 부모님을 모두 잃고 독립만세운동 주모자로 체포되어 공주 검사국(公州檢事局)으로 송치되었을 때 관순은 거기서 공주 영명학교 학생대표로 독립만세운동을 이끌다가 체포된 오빠 유우석을 만났다.

유관순은 공주지방법원에서 이른바 보안법 위반 혐의로 징역 5년형을 선고받고 이에 불복, 경성복심법원에 공소하였으나, 3년형이 확정되어 서대문형무소에 감금되었다. 유관순은 옥중에서도 어윤희 · 박인덕 등과 계속 독립만세를 외치다가, 모진 고문의 여독으로 말미암아 17살의 꽃다운 나이로 옥중에서 순국하였다.

정부에서는 고인의 공훈을 기려 1962년에 건국훈장 독립장을 추서하였다

유관순 열사 가족의 독립운동사

아버지 유중권(1863. 11. 2~1919. 4. 1)

유관순의 아버지로 1919년 4월 1일, 홍일선 · 김교선 · 조인원 · 유관순과 함께 아우내 장터의 대대적인 독립만세운동에 참여하였다. 이날 조인원이 태극기와 〈대한독립〉이라고 쓴 큰 깃발을 세워놓고, 독립선언서를 낭독한 뒤 대한독립만세를 외치자, 3천여 명이 운집한 아우내 장터는 삽시간에 대한독립만세 소리로 온 천지가 진동하였다. 그 여세를 몰아 시위군중이 일본 헌병주재소로 접근하자 시위대열의 기세에 놀란 일본 헌병이 기관총을 난사하고, 천안에서 불러들인 일본 헌병과 수비대까지 합세하여 총검을 휘둘러대었다. 이 야만적인 일군경의 흉탄에 맞아 유관순의 아버지는 현장에서 순국하였다.

정부에서는 고인의 공훈을 기려 1991년에 건국훈장 애국장(1963년 대통령표창)을 추서하였다.

어머니 이소제 (1875. 11. 7 ~ 1919. 4. 1)

유관순의 어머니로 1919년 4월 1일 아우내 장터에서 전개된 대대적인 독립만세 시위운동에 남편 유중권과 함께 참여하였다. 야만적인 일군경의 흉탄에 맞아 남편과 함께 현장에서 순국하였다.

정부에서는 고인의 공훈을 기려 1991년에 건국훈장 애국장(1963년 대통령표창)을 추서하였다.

작은아버지 유중무 (1875. 8.21~1956. 4. 7)

유관순의 작은아버지로 1919년 4월 1일 홍일선 · 김교선 · 한동규 · 이순구 · 조인원 · 유관순 등이 아우내 장날을 기하여 일으킨 대대적인 독립만세시위에 참가하였다.

이들이 만세운동을 펼칠 때 일본 경찰이 기관총을 난사하고 무자비하게 총검을 휘둘러대며 야만적인 발포가 계속되는 바람에 현장에서 형 유중권과 형수 이소제 등 19명이 순국하는 모습을 지켜봐야했다. 분개한 그는 순국한 형 유중권의 주검을 둘러메고 주재소로 달려가, 두루마기의 끈을 풀어 헌병의 목을 졸라매며 헌병보조원 맹성호에게 "너희는 몇 십 년이나 보조원 노릇을 하겠느냐"고 꾸짖는 등 항의하다가 체포되었다.

그는 이해 9월 11일 고등법원에서 징역 3년형이 확정되어 옥고를 치렀다.

정부에서는 고인의 공훈을 기려 1990년에 건국훈장 애족장(1977년 대통령표창)을 추서하였다.

사촌 언니 유예도(1896. 8.15 ~ 1989. 3.25)

1919년 3월 1일 서울의 파고다공원에서 열린 독립선언문선포식에 사촌동생 유관순과 함께 참가하고, 이어 독립만세시위에 가담하였다. 3월 13일에는 유관순과 함께 귀향하여 아우내 장터에서 4월 1일을 기하여 독립만세시위를 계획하고 동리 어른들과 상의하였다. 4월 1일 3천여 명의 시위군중과 함께 태극기를 흔들고 시가행진에 참여했다.

정부에서는 고인의 공훈을 기려 1990년에 건국훈장 애족장(1977년 대통령표창)을 추서하였다.

오라버니 유우석 (1899. 5. 7 ~ 1968. 5.28)

유관순의 오빠 유우석은 전국의 만세운동이 전개되던 그해 공주 영명학교(永明學校)에 재학 중이었다. 3월 12일과 15일에 걸쳐 공주에서 일어난 독립만세운동에 학생대표로 참여하였다. 또한 4월 1일 오후 2시, 그는 다른 학생대표들과 함께 태극기와 독립선언서를 가지고 장터에 나가 모인 시위 군중에게 나누어주고, 그 선두에 서서 만세운동을 전개하였다. 그러나 이날의 독립만세운동은 일제의 강력한 저지로 좌절되었고 그는 주동자로 체포되었다. 한편 같은 날 아우내 장터의 대대적인 독립만세운동을 주동하였던 그의 아버지 유중권 어머니 이씨가 현장에서 순국하고 동생인 유관순도 체포되어 그의 가정은 파멸되고 말았다.

공주검사국(檢事局)으로 송치된 유우석은 여기서 여동생 관순을 잠시 만나기도 하였으나, 결국 이해 8월 29일 공주지방법원에서 보안법 및 출판법 위반 혐의로 징역 6월형을 선고받고 옥고를 치렀다.

출옥 뒤 1927년에는 원산청년회(元山靑年會)를 조직, 활동하다가 일본 경찰에 또다시 체포되어 함흥지방법원에서 4년형을 구형받는 등 지속적인 독립운동에 앞장섰다.

정부에서는 고인의 공훈을 기려 1990년에 건국훈장 애국장(1982년 건국포장)을 추서하였다.

올케 조화벽 (1895.10.17 ~ 1975. 9. 3)

유관순의 올케 조화벽 애국지사(유우석의 아내)는 강원도 양양이 고향으로 이 지역 3·1독립운동의 중심인물이다. 양양군 양양면 왕도리에서 아버지 조영순과 어머니 전미흠 사이에 무남독녀로 태어나 15살 되던 해인 1910년 원산에 있는 성경학원에 유학을 떠나 신학문을 배우게 된다. 개성의 호수돈여학교에서 1919년 3월 졸업을 앞두고 있을 때 때마침 서울의 3월 1일 독립만세운동의 물결이 개성으로 밀어 닥쳤다.

호수돈여학생들의 만세시위에 뒤이어 남감리교에서 설립한 미리흠여학교, 그리고 송도고등보통학교가 3·1만세운동에 참여하고 다른 학교에도 만세시위운동이 빠르게 번져나가자 각 학교들은 3월 5일에 휴교령이 내려졌다. 기숙사 생활을 하던 조화벽 애국지사는 이때 고향인 양양으로 친구 김정숙과 함께 귀향하였고 양양의 만세운동을 이끌게 된다.

정부에서는 고인의 공훈을 기려 1990년에 건국훈장 애족장 (1982년에 대통령표창)을 추서하였다.

조카 유제경 (1917. 2. 28 ~ 2012.10.13)

1919년 3·1만세 운동 때 아우내장터의 만세시위의 주동자인 유중무의 손자다. 유관순의 오촌조카로 1941년 4월 1일 충청남도 공주군 장기(長岐)국민학교 6학년 담임교사로 있으면서 학생들에게 민족의식과 독립정신을 드높여 왔다. 그러던 중 학생들이 졸업하게 되자 졸업기념 사진첩에 「땀을 흘려라, 피를 흘려라, 눈물을 흘려라」는 문구를 써주었는데 이것이 자주독립사상을 고취한 것이라고 왜경이 잡아갔다.

1945년 2월 5일 고등법원에서 이른바 치안유지법 위반으로 징역 3년형이 확정되어 옥고를 치렀다.

정부에서는 그의 공훈을 기려 1990년에 건국훈장 애족장(1983년 대통령표창)을 수여하였다.

오촌조카 한필동(1921.1.20 ~ 1993.1.14)

유관순 열사의 사촌언니인 유예도의 아들이다. 학병으로 장사(長沙)의 일본군 제64부대 소속 중국군 포로 감시병으로 근무하다가 탈출하였다. 1945년 중경 총사령부로 후송되었으며, 광복군 토교대(土橋隊)에 배속되어 임정 요인의 호위, 총사령부 지시에 의한 공작수행 등을 전개하던 중, 광복을 맞이하였다.

정부에서는 그의 공훈을 기려 1990년에 건국훈장 애족장(1963년 대통령표창)을 수여하였다.

더보기

"영웅이 아닌데 영웅으로 만들었다니! 이 염치없는 후손들은 18세 소녀인 당신이 어떤 투쟁을 더했길 원하는 걸까요?"

유관순 열사에게 보내는 편지

최영희 청소년과 함께 꿈꾸는 (사)탁틴내일 이사장

1920년 10월 12일, 서대문형무소에서 숨을 거두신지 보름만에야 처참한 시신으로 돌아오셨던 이화학당. 94년이 지난 오늘 이곳에 동상으로 서 계시는 당신을 찾았습니다.

얼마 전 고등학교 한국사교과서에서 당신이 사라졌다고 시끌벅적했습니다. 항상 그랬듯이 이는 좌파들의 소행이라는 비난이 쏟아졌습니다. 이를 기화로 역사교과서를 빨리 국정교과서로 만들어야한다는 주장이 날개를 달았지요.

한편 유관순열사는 해방 후 발행된 고교국정교과서 1차(1956년) 2차(1966년) 또 1979년 유신 정권때도 전혀 서술이 없었고, 1982년 -1996년 발행된 4-6차 교과서에는 각주에 간단히 등장했으며 2002 년 7차에서 다시 빠졌는데 웬 좌파매도냐는 반박이 있었습니다. 최

이화여고 유관순기념관 앞에 세운 유관순동상

근에 학교에서 애국가를 편하게 부르라고 음을 낮췄다가 교육감이 좌파 매국노로 몰렸으나 보수교육감 때 결정했다는 한마디에 잠잠해졌습니다.

보수를 자처하며 애국은 자신들만의 것인 양 조금만 의견이 달라도 앞뒤 안가리고 좌파와 매국노로 모는 세태입니다. 그런데 이 과정에서 당신을 친일파가 발굴하고 영웅화시켰기 때문에 교과서에서 빠졌다는 참으로 황당한 주장까지 있었습니다.

당신이 세상에 알려진 것은 1947년 3·1절을 앞두고 당시 경향신문 2월28일자에 '순애보'의 작가 박계주 씨가 쓴 '순국의 처녀'라는 기사였습니다. 박계주 씨는 일제의 대륙침략전쟁에서 무훈을 세운 김석원 부대장을 앞세운 단편소설 '유방' 등으로 친일 혐의를 받고 있습니다. 물론 그는 친일 인명사전에 오를 정도의 인물은 아닙니다. 또 맞은편 감방에서 당신의 옥중투쟁을 지켜봤던 이화학당 교사 박인덕이 그해 9월1일 유관순열사 기념사업회를 결성합니다.

일제 말 친일을 한 박인덕, 이 또한 화근이 되고 기독교가 선교에 당신을 활용하면서 불필요한 과장도 문제가 된 것입니다. 그러나 당신은 근거 없이 조작된 영웅이 아닙니다. 너무 어린나이의 활동이었기에 알려진 것은 해방 후이지만 아직 당신의 행적을 증언할 사람도 많았습니다. 3·1만세시위와 5일 학생시위에 참여하다 경무총감부 까지 끌려간 열혈소녀 당신은 휴교령 때문에 고향으로 돌아옵니다. 마을 어른들과 음력 3월1일 아우내장터 시위를 계획하고 병천 뿐 아니라 청원 진천 연기 등 수십개 마을의 연락책을 맡아 거사를 성사시켰습니다.

마침내 거사 날 시위 현장에서 19명이 사망하는 참극이 벌어지고 당신의 부모가 모두 살해당하는 참상을 목격해야 했습니다. 당신은 손병희선생(3년 형)보다 더한 5년형을 받고 서대문형무소로 이감되자 틈만 나면 대한독립만세를 부르며 옥중투쟁을 계속했습니다. 고문과 폭행도 계속되었지만 3·1만세시위 1주년에는 3천 재소자가 함께한 만세시위를 주도하여 결국 죽음에 이를 수밖에 없는 보복 폭행을 당합니다. 방광까지 터질 정도로 만신창이가 된 당신에게 치료도 거부했던 일제, 마지막 면회를 갔던 이화학당교사들은 당신의 살이 썩어가고 있다고 전했습니다.

그리고 9월28일, 이 푸르른 가을하늘을 보지 못한 채 눈을 감으셨습니다. 이틀이나 지나 사망소식을 들은 이화학당 프라이스 교장과 월터 선생이 여러 차례 시신을 내줄 것을 항의했으나 소용이 없자 국제사회에 만행을 알리겠다고 최후통첩 했습니다. 결국 시신상태를 세상에 알리지 않겠다는 서약서를 써준 후 어느 한군데 성한 곳이 없는 당신의 시신은 10월12일에야 학교에 돌아올 수 있었습니다.

간략한 장례와 수레에 실려 이태원 공동묘지에 묻히는 순간까지 당신은 일제의 감시에서 벗어나지 못했습니다. 이태원 공동묘지마저 일제가 군용기지로 쓰면서 시신도 사라져 지금 고향의 매봉산 중턱엔 초혼묘만 있는 것입니다. 영웅이 아닌데 영웅으로 만들었다니! 이 염치없는 후손들은 18세 소녀인 당신이 어떤 투쟁을 더했길 원하는 걸까요? 그래서 이 나라가 영웅대접을 하긴 했나요?

1967년, 고등학생 때였습니다. 학교신문 기자였던 저는 당신의 고향 지령리에 취재를 간적이 있습니다. 허름한 농가에서 당신의 동생 관복할아버지가 마루에 걸터앉아 계시다가 우리를 맞아주셨습니다. 만세시위 현장에서 부모 모두를 잃고 일제관헌이 집조차 불태워버려 재만 남았다는데 어린 두 동생들 걱정에 감옥에서 그리 슬퍼했다던 바로 그 동생이 환갑이 넘은 이 가난한 할아버지시라니…… 울컥 목이 메었던 기억이 생생합니다.

생가터와 교회터 등 몇 곳을 묶어 1972년에 사적지로 정하고 이를 관리하며 살라고 뒤늦게 한옥을 지어준 것은 1977년이었습니다. 관복할아버지는 안타깝게도 그해에 돌아가셨으니 그 집에 한번 누워보시지도 못한 것 같습니다.

3·1운동당시에 당신은 잘 알려지지도 않았고, 이름 없이 민족의 제단에 몸 바친 수많은 넋들 가운데 하나일 뿐이라며 친일파 발굴 운운하는 사람들은 당시에 그리도 잘 알려진 명망가들의 친일 행위에 뭐라 답하려는지요? '그리고 그 이름 없는 넋'들을 아직도 이름 없이 방치하는 우리사회를 부끄러워해야지 오히려 발굴된 민초들을 폄하하는 이 풍조는 또 무엇인가요?

2007년 5월 한국은행에서 고액권발행을 결정하고 화폐인물에 대한 의견이 분분했습니다. 당시 국가청소년위원장을 맡고 있던 저는 10만 원권과 5만 원권 인물 중 한분은 여성이어야 하며, 자라나는 세대에게 애국심이나 공동체 의식이 없다고 비판만 할 것이 아니라 귀감이 되게 유관순열사를 채택해주시라고 건의했지만 김구선생과 신사임당으로 결정되었습니다. 그런데 정권이 바뀌자 우익단체들이 이승만과 박정희로 바꾸라고 한국은행 앞에서 시위를 하더군요. 물론 여러 가지 사정을 내세운 정부요청으로 한국은행은 10만 원권 발행을 중지한다고 발표했습니다.

뉴라이트 역사가들은 점점 보수우파 김구까지 좌파로 밀어내고 있습니다. 통일정부를 주장하며 단독정부수립을 반대한 김구는 대한민국 체제에 반대한 사람이라 대한민국 건국공로자가 아니라는 것입니다. 당신이 빠진 교과서를 보고 좌파 척결하라고 펄펄 뛰던 사람들은 김구를 폄훼하니 박수를 치고 있습니다. 이들이 쓴 교과서는 김구의 항일독립운동을 일본 극우정권 발언처럼 '테러 활동'이라 서술했습니다.

친일파 청산은 소련의 지령이고 국사편찬위원장은 교과서집필지침에 이승만 독재, 5.16쿠데타, 5.18민주화운동, 친일파청산노력 등을 사용 못하게 권고 했습니다. 뿐만 아니라 일왕을 천황으로 바꾸게 하고 일본군위안부 문제를 성노예자로 언급한 부분은 삭제, 임시정부요인 사진설명에서 김구 대신 이승만으로 교체하라고 권고합니다.

푸른 하늘과 소나무를 뒤로하고 양손을 벌린 채 성큼성큼 맨발로 걸어 나오시는 당신께 '지금 어디로 그리 급히 가시는 건가요?' 눈으로 물었습니다. 당신을 핑계로 국정교과서로 회귀하자고 주장하고, 한심한 진영논리에 갇혀 눈에 거슬리면 서로 단칼로 베어버리며, 정신대는 일제가 강제동원한 것이 아니라 자발적으로 참여한 상업적 매춘이고 공창제이며, 일제 강점기는 근대 국민국가를 세울 수 있는 사회적 능력이 두텁게 축적되는 시기였다고 미화하는데 목숨 바쳐 투쟁하신 당신보기 민망합니다.

해방 후 분단에 의해 남북 모두 권력과 체제유지, 기득권유지만을 위한 잣대로 항일 독립투쟁을 평가하고 왜곡해온 역사는 바로 잡아야합니다. 뿐만 아니라 이 때문에 청산하지 못한 친일의 역사도 바로 잡아야합니다. 멀고 길어도 가야할 길입니다. 이 과정에서 지금처럼 반발하고 궤변이 판을 쳐도 언젠가는 이들 또한 부끄러운 역사의 한 페이지를 장식한 당사자로 평가될 것입니다. 이를 위해 우리 국민들 마음속으로 걸어가시는 당신을 저는 지금 보고 있습니다. 유관순 열사여!

- 이 글은 전 국회의원이자 현재 '청소년과 함께 꿈꾸는 (사)탁틴내일' 이사장인 최영희 이사장이 〈백년편지〉 200회에 실은 글로 글쓴이의 허락을 받아 싣는다. 〈백년편지〉는 대한민국임시정부기념사업회가 임시정부 수립 100년을 기념하여 2019년까지 각계 독자로부터 받은 편지를 릴레이식으로 싣고 있는 행사로 누구나 참여할 수 있다. 문의: 대한민국임시정부기념사업회 02-3210-0411

윤동주 고향 북간도 명동촌 교육가
이의순

국자가 소영촌 찾아 가는 길
옥수수 드넓은 밭 그 어디쯤
임의 발자국 찍혔을까

선바위 모퉁이 돌아
북간도 명동촌 내 디딘 걸음

별 헤던 시인 난 동네
재잘재잘 소꿉동무 모아
무지개 꿈 심어주던 임을 그리네

이제는 마지막 잎새마저 떨어져
황량한 명동촌

그러나 또 다시 맞이할 봄을 그리며
이끼낀 명동학교 뜰을 걸었네

이의순(李義橓, 1895. ~ 1945. 5. 8)

"나는 여자지만 대한민족의 한 사람이며 남자와 동등한 권한이 있는 이상 일제의 국가 강탈 앞에 어찌 편안히 있겠는가? 해외에 있는 여자로서 어찌 수수방관하고 재가안락(在家安樂)을 탐하면서 행복하다 할 것인가? 나는 저 원수의 총검 아래서 국가를 위하여 생명을 희생하는 것을 나의 행복이라고 믿는 사람이다."

이는 이의순 애국지사가 1919년 8월 29일 블라디보스톡 신한촌에서 열린 국치일 기념식장에서 한 연설의 일부다. 이의순 애국지사는 이동휘(李東輝) 선생의 둘째딸로 간도 명동여학교 교사로 활동하다 블라디보스톡의 신한촌으로 건너가 삼일여학교 교사로 활동하였다. 이날 국치일 기념식에는 박은식 선생을 비롯하여 할아버지인 이발, 남편인 오영선 지사의 연설이 있었고 그 뒤를 이어 이의순 애국지사가 열변을 토해 애국 강연을 한 것이다.

이의순 애국지사는 명 웅변가였다. 그는 1920년 3월 1일 블라디보스톡에서 열린 제1회 삼일절 기념식장에서 다음과 같은 연설로 기념식에 모인 사람들을 감동시켰다.

"본인은 태극기 뒷면에 자유라고 써서 숨겨 가지고 나왔습니다. 우리 민족은 10년간 자유를 잃었지만 오늘 비로소 자유를 회복하였습니다. 이 태극기는 10년간 동해의 물에 빠져 있었지만 오늘 드디어 건져 올렸습니다. 자유를 얻은 오늘 지난 1년을 회고하면 우리는 과연 무슨 일을 이룩했는지 반성하게 됩니다. 내년의 오늘은 마땅히 진정한 독립기념식을 엽시다."

이의순 애국지사의 고향은 함경남도 단천으로 독립투사인 아버지 이동휘를 따라 윤동주의 고향인 용정으로 건너가 명동여학교에서 교편을 잡았다. 남편은 상해지역의 독립운동가 오영선(吳永善)

뒷줄 아버지 이동휘와 어머니 강정혜, 가운뎃줄 이인순, 이발(할아버지), 이의순, 이경순 맨 앞줄 이우석 (왼쪽부터)

지사이며 언니인 이인순도 독립운동에 가담한 온가족 독립운동가 집안이다.

이의순 애국지사는 1902년 무렵 아버지가 경기도 강화도 진위대장으로 활동하게 되자 할아버지 이발(李發), 언니 인순(仁橓) 등과 함께 7살의 나이에 서울로 올라와 자랐다. 15살 되던 해인 1911년 가을, 서울을 떠나 성진에서 살다가 아버지가 만주로 망명하자 함께 두만강을 건너 국자가(局子街, 현 연길시)로 이주하였다.

국자가로 이주하던 해에 윤동주의 고향인 화룡현(和龍縣) 명동촌(明東村)에 세운 민족학교인 명동여학교의 교사가 되어 학생들에게 민족의식을 고취시키는 데 앞장섰다. 이 무렵 근방의 마을마다 야학을 설치하여 운영하는 한편, 부흥사경회(復興査經會)도 열어 간도지역 여성 민족교육의 발전에 크게 기여하였다.

24살 되던 1918년 가을 아버지의 지시에 따라 블라디보스톡으로 이주한 이의순 애국지사는 그곳 신한촌(新韓村) 삼일여학교에서 교사로 활동하면서 당시 이곳의 애국지사 채성하(蔡聖河)의 맏딸 채계복(蔡啓福)과 함께 애국부인회를 조직하여 회장으로 활동하였다.

1919년 10월 당시 회원은 50명이었다. 한편 그는 앞으로 독립전쟁에서 활동할 간호부 양성을 위하여 적십자회를 조직하여 활동하기도 하였다. 1919년 아버지가 상해로 가서 임시정부에 참여하게 되자 이의순 애국지사는 1920년 할아버지 이발과 상해로 이주하였으며, 그곳에서 오영선 동지와 결혼하였다. 그 뒤 아버지가 임시정부를 떠나 다시 블라디보스톡으로 돌아갔지만 그는 상해에 계속 남아 독립운동을 펼쳤다. 1930년 8월 11일 이의순 애국지사는 인성학교(仁成學校) 교장 김두봉(金斗奉)의 처 조봉원(趙奉元) 등과 함께 기존의 여성단체 조직인 상해한인부인회를 개조하여 보다 급진적인 조직인 상해한인여성동맹을 만들고자 하였다. 그러나 이것이 상해지역 여성조직의 분열을 가져온다는 의견이 있어 백범 김구 등의 중재로 젊은 여성들을 중심으로 상해여자청년회를 조직하였는데 이 때 창립대회 준비위원으로 활동하는 등 조국의 독립을 위해 평생 헌신하는 삶을 살았다.

정부에서는 고인의 공훈을 기려 1995년에 건국훈장 애국장을 추서하였다.

이의순 애국지사의 발자취를 찾아 북간도를 가다

"젊은이들은 모두 돈 벌러 한국으로 나갔지요. 약자(弱子)와 노인들만 남았어요. 저도 나가지 못해 남았지만 지금은 살만해요. 돈 벌러 나간 조선족들 땅을 제가 다 맡아서 농사도 짓고 한족에게 빌려주기도 해서 이제는 걱정 없이 살지요." 북간도 용정의 윤동주 생가를 관리하는 아주머니는 그렇게 운을 떼었다.

2014년 9월 24일부터 10월 1일까지 7박 8일간 나는 일본인 작가 도다이쿠코 (戶田郁子, 도서출판 토향대표) 씨와 중국 동북지역 항일유적지 답사를 다녀왔다. 연변에서 출발하여 하얼빈의 남자현 애국지사 유적을 비롯하여 러시아 연해주로 가는 중국 국경지역인

북간도 용정시내에 있는 윤동주가 다니던 옛 대성중학 기념관 앞에서.
북간도 답사를 함께 한 도다이쿠코 작가와 함께 왼쪽이 지은이(2014.9.29)

수분하(綏芬河), 목단강, 용정, 연변 일대의 여성독립운동가 유적지를 찾는 답사였다.

먼저 연길에서 출발하여 하얼빈을 거쳐 다시 용정에 도착한 29일(월) 아침 도다 작가와 나는 명동학교터를 보러가기 위해 일찌감치 숙소를 출발하였다. 용정의 명동촌은 시인 윤동주의 고향이기도 하지만 이의순 애국지사가 교사로 민족혼을 가르치던 곳이기도 하다.

숙소가 있는 연길시에서 용정시내 까지는 버스를 이용했고 용정시내에서 명동촌까지는 택시를 탔다. 아직 9월 말인데도 을씨년스런 날씨가 초겨울을 느끼게 한데다가 눈비마저 뿌려 우리는 왕복 60위안을 주고 전세 낸 택시로 명동촌을 향해 달렸다. 그저 평범한 한국의 농촌을 방불케 하는 산과 들을 달려 윤동주 기념관에 도착해보니 대문이 잠겨있다. 대문 너머에 윤동주 생가가 어렴풋이 보였지만 들어 갈 수가 없다. 대문 앞에서 서성이다 보니 대문 한켠에 관리인 전화번호가 적혀 있었다. 전화를 거니 밭에서 일하다가 나왔다며 단숨에 아주머니가 한 분 달려 나왔다. 그만큼 찾는 사람이 많지 않다는 이야기다.

한 사람 당 10위안을 내고 대문 안으로 들어서니 바로 윤동주 외삼촌인 김약연 선생이 활약하던 명동교회 건물이 눈앞에 들어온다. 지은 지 100여년 넘었으니 안과 밖이 매우 낡았고 현재 윤동주 전시관으로 쓰고 있지만 전시물들은 엉성하고 조잡했다. 명동교회 건물 아래로 윤동주 생가가 보이고 군데군데 돌로 만든 시비가 서 있었다.

"이제 얼마 있으면 저 아래 전시관으로 모두 옮길 거래요. 그런데 언제 할지는 모르지요" 관리인 아주머니 서순금(55살) 씨는 매우 활달한 분으로 먼 곳에서 찾아간 우리를 마치 시누이라도 되는 양 살갑게 윤동주에 대한 이런저런 이야기를 들려주었다. 그리고 현재의 기념관 아래쪽에 새로 지어놓은 건물을 가리켰다. 머지않아 그곳을 기념관으로 쓸 모양이었다.

윤동주가 태어난 명동촌 마을은 앞이 훤히 트인 곳으로 끝없는 논밭이 이어져 있었고 더 멀리는 약간 경사진 구릉지였다. 이 마을은 조선 회룡으로부터 두만강을 건너 삼합진과 지신진 두 개 지역의 경계지역으로 용정으로 가는 길목에 자리하고 있다.

명동(明東)이란 이름은 "조선을 밝게 하자"는 뜻으로 1881년 청나라 정부에서 연변에 대한 통금령을 해제한 뒤 조선이주민들이 정착한 마을이다. 1899년 김약연을 중심으로 한 전주 김씨 31명, 김하규를 중심으로 한 김해김씨 63명, 문병규를 중심으로 한 문씨 가문 40명, 남종구씨 외 7명이 토지 구입 등으로 먼저 와 있던 김항덕 씨 등 모두 142명이 초기에 정착하여 조선족 마을로 형성된 곳이다. 이곳에 윤동주의 할아버지인 윤하연 일가 18명이 정착하게 되어 윤동주는 이 시골마을에서 태어나게 된다.

당시 명동촌을 일군 사람들은 구한말 조선의 실학파들로 벼슬길에 오르지는 못했지만 "글을 모르면 남에게 천시당한다"는 생각으로 자녀 교육에 힘썼다. 그래서 초기에 이들은 집단으로 구입한 토지 가운데 양지바르고 좋은 땅의 10분의 1을 학교부지로 내놓아 이곳에 명동학교를 세워 민족교육에 박차를 가하게 된 것이다.

명동학교는 1906년 용정에 설립되었던 서전서숙의 민족정신을 이어받아 1908년 4월 27일 명동촌 일대 여러 서당들을 통합하여 세운 근대 민족적 교육기관이다. 명동학교는 조선족 청소년들에게 근대지식의 전수와 더불어 민족의식과 항일사상을 교육시켜 그들로 하여금 문무를 겸비한 우수한 민족의 인재로 성장하게 한 밑거름이 된 학교다.

이 무렵 연변 각지에는 연변을 항일기지로 삼고자 각 곳에 사립학교를 세우게 되는데 창동학원, 정동중학, 길동학교 등이 당시 연변지역의 명망 높은 항일학교였다. 그러나 1907년 일제는 "조선인을 보호한다"는 구실로 용정에 조선통감부간도파출소를 두어 당시 용정 일대에 많은 조선인 학교들을 감시하고 폐교 시키는 일을 자행했다. 서전서숙 등 당시 민족교육에 힘쓰던 학교들이 속속들이 폐교하는 운명을 맞이하는 것도 이 무렵이다.

이의순 애국지사가 교사로 있던 명동촌은 간도국민회건립 이후 남부총회의 본부가 되었으며 명동학교는 총회본부 사무실로 활용하였다. 총회에서는 〈독립신문〉. 〈우리들의 편지〉를 발간하였고 〈청년〉, 〈자유의 종〉등의 신문도 만들어 동포들에게 항일 민족 사상을 드높이게 하였다. 이의순 애국지사가 1918년 명동학교를 떠나기 1년 전인 1917년 12월 30일 윤동주는 이곳에서 태어났다.

윤동주 생가와 명동학교(2014년 9월 현재 헐린 학교 터에 기념관을 지어 놓았으나 내부는 아직 준비 중)를 관리하는 서순금 씨는 이곳 명동촌에서 태어났지만 "윤동주 시인이 그렇게 유명한 사람인지는 몰랐어요. 윤동주 할아버지가 장로였으므로 윤 장로 집으로만 알았지요. 윤동주 아버지는 한때 이 집과 논밭을 소작인에게 맡기고 시내로 나가서 양계장도 하고, 나무묘목 장사를 거쳐 출판사를 했는데 모두 망해 결국 이 집이 다름 사람에게 넘어 간 것이지요. 이 집을 산 사람도 나중에는 집을 떠나 이 집이 허물어 진 것입니다." 라며 소상하게 윤동주 생가와 명동촌에 얽힌 이야기를 들려준다.

현재 복원해 놓은 윤동주 생가는 1981년 무렵 허물어지게 된 것을 1993년 용정시에서 관광지역으로 지정하여 복원해 놓았다. 이의순 애국지사가 교사로 있던 명동학교는 윤동주 생가에서 100여 미터 떨어진 곳에 자리하고 있었는데 이곳은 당시 무수한 민족해방운동가, 항일투사와 학자, 문인을 배출한 곳으로 북간도의 대통령이라고 불리는 김약연 선생이 명동촌에 정착한 이래 아리랑의 나운규, 문익환 목사, 윤동주의 절친한 친구이자 시인인 송몽규, 이의순 애국지사의 아버지인 독립운동가 이동휘 선생 등의 발자취가 남아 있는 곳이다.

현재 명동학교가 있던 자리에는 커다란 돌비석이 서있으며 새로 명동학교 모습을 재현 해 놓은 건물이 들어서 있다. 내부에는 일부 전시관만 만든 상태로 아직 교실 재현 등의 공사는 더 해야 개관한다고 한다.

2001년 조선족 출신 작가가 쓴 『유서 깊은 명동촌』이란 책에는 "7개의 자연부락으로 150 호에 500여명의 사람이 살고 있으며 남성이 270명, 여성이 230명이다. 농사를 주로 하며 담배가 주 작물이다. 명동촌에는 소가 160마리, 돼지 60여 마리, 닭 1천여마리를 기르고 있다(1999년 통계)"라는 기록이 있으나 윤동주 생가 관리인 서순금 씨는 현재 이 마을에는 40여호만 남고 모두 한국 등지로 떠나버렸다고 한다. 그래서인지 마을이 조금 썰렁해 보였다.

이의순 애국지사가 학생을 가르쳤던 명동학교와 윤동주 생가를 찾은 시각은 오후 3시 무렵이었으나 날씨가 흐린데다가 갑자기 비바람이 몰아치기 시작하고 기온이 뚝 떨어져 몹시 추위를 느끼게 했다. 서둘러 덜덜거리는 택시를 타고 용정 시내로 나오는 들판에는 누런 벼가 익어 가고 있었다. 그리고 먼 산에는 하나둘 단풍이 들고 있었다. "마을마다 진달래요, 고을마다 항일운동유적비"라고 일컬어지는 연변지역은 용정의 명동학교로 가는 길목에도 군데군데 항일기념탑과 돌비석이 서 있었다.

이의순 애국지사도 명동학교에서 용정 시내를 이 길로 드나들었을 것이다. 지금도 교통편이 좋지 않은 데 그 당시 동포들은 어떠했을까?

명동학교에서 용정으로 나오는 외길에는 선바위가 도로 쪽으로 우뚝 서있다. 이 바위는 조선땅 회룡에서 용정으로 가는 사람들이 이정표로 삼던 바위다. 용정에서 조선으로, 조선에서 용정으로 드나들던 동포들과 그 동포들 틈에 끼어 명동학교에서 한때를 보냈던 이의순 애국지사의 발자취를 돌아보고 용정으로 나오는 길이 왠지 낯설지 않고 정겹다. 겨레의 얼과 혼이 느껴지기 때문이다. 시대와 공간을 초월하여 누군가를 그리워하는 나 자신과 명동촌에서 '조국'이라는 낱말 하나에도 가슴 뛰었을 동포들을 생각하며 돌아서는 발걸음이 못내 아쉬웠다.

더보기

이의순 애국지사 가족은 독립운동가 집안

남편 오영선 애국지사 (吳永善, 1886. 4.13 ~ 1939. 3.10)

경기도 고양 출신으로 대한민국임시정부의 국무총리를 지낸 이동휘 선생의 사위이다. 대한제국 당시 한국무관학교를 졸업하고 1907년 무렵 비밀결사 신민회(新民會)에 가입하여 활동하다가 중국 동삼성(東三省)으로 망명하여 1914년 12월 이동휘와 함께 길림성 동녕현(東寧縣) 나자구(羅子溝)에 동림무관학교(東林武官學校)를 설립하고 교사로 재직하면서 독립군 양성에 힘썼다.

정부에서는 고인의 공훈을 기려 1990년에 건국훈장 독립장을 추서하였다.

언니 이인순 애국지사 (李仁橓,1893 ~ 1919.11)
"언니 이인순 애국지사 흔적을 찾아 연길 소영촌 마을을 가다"

이인순 (李仁橓,1893 ~ 1919.11) 애국지사는 이의순의 언니다. 이들 자매는 정부로부터 1995년에 건국훈장 애국장과 애족장을 나란히 추서 받았다. 용감한 독립운동가 집안의 자랑스러운 자매지만 이들 이름을 기억하는 사람은 많지 않다. 동생 이의순 애국지사는 윤동주의 고향인 용정 명동여학교에서 교편을 잡았다는 기록이 있으나 언니인 이인순 애국지사의 경우는 '조선여학교'라는 기록만 있어 2014년 9월 24일부터 10월 1일까지 현장 답사 때 그 위치를 찾지 못했다. 한 기록에는 국자가의 소영촌에서 머문 것으로 나와 있어 나는 도다이쿠코 (戶田郁子) 작가와 연길시 외곽에 있는 소영촌 마을을 샅샅이 뒤져 보았다. 안타깝게도 조선여학교는 찾지 못했지만 '소영촌'이라는 마을 이름만은 여전히 남아있었다. 무척 기뻤다.

소영촌, 소영버스정류장 등 몇 십 년 전 우리 동포들이 살았을 그 거리의 이름이 아직도 남아있다니 실로 감격스럽기 그지없는 일이었다. 도다 작가와 나는 한글로 선명하게 쓰여 있는 소영촌이라는 마을 이름이 신기하고 반가워 마을 어귀에 내려 마을 끝자락까지 무작정 걸어가 보았다. 마을 끝에는 고속도로 건설을 하고 있어 땅이 파헤쳐져 있었지만 우리는 높다란 고갯길까지 걸었다.

공사용 트럭이 드나들어 약간 위험하기도 했지만 고갯마루 쪽 산 중턱에는 점점이 무덤이 보이고 글씨는 선명치 않지만 돌비석도 보였다. 사람이 드나든 흔적은 없지만 나는 그 고갯마루의 돌비석 있는 곳까지 올라가 보았다. 분명코 그곳 소영촌 마을에서 살다가 간 사람들의 비석 일듯 싶었다. 예상은 들어맞았다. 한국인 이름이었고 광복 이전에 숨져간 분들의 무덤이었다. 이인순 애국지사의 흔적을 찾아 나섰다가 소영촌 마을을 발견했고 그 때문에 기쁜 마음에 먼 고갯마루 무덤까지 돌아보게 된 것이다. 이인순 애국지사는 1918년 가을 아버지 이동휘를 따라 러시아 연해주 블라디보스톡 신한촌에 정착하게 된다. 물론 그의 남편 정창빈과 함께 였다. 이곳에서 이인순 애국지사는 경제적으로 아버지를 돕기 위하여 소규모 사업을 시작하였는데 그만 1919년 11월 장티푸스에 걸려 27살의 꽃다운 나이로 먼 이국땅에서 숨을 거두었다. 이인순 애

연길에는 아직도 소영촌이 이름 그대로 남아 있었다. (2014.9.27)

국지사가 숨을 거두고 난 이듬해인 1920년 1월 17일 오후 2시 상해에서는 주상해(駐上海) 대한애국부인회 주최로 조촐한 추도회가 열렸다. 추도회 주인공은 이인순, 하란사(河蘭史)·김경희(金敬喜) 였다. 이 때 내빈으로 안창호·김립·윤현진 등 상해 유지인사 30여 명이 참석하였다. 러시아 땅에서 독립운동을 하다 숨진 이인순 애국지사를 상해에서 추도회를 할 정도로 그는 동포사회에서는 이름난 여성독립운동가였던 것이었다.

정부에서는 고인의 공훈을 기려 1995년에 건국훈장 애족장을 추서하였다.

이의순 애국지사 아버지는
대한민국임시정부 국무총리 이동휘 선생

"북간도 명동여학교는 학생이 60여명에 달하는데 각처에서 온 학생이 대부분이라 하며 학교 임원부형과 학생들이 열심히 공부하여 내년 봄에는 졸업생 몇 명이 나올거라 한다. 교사 이동휘 씨와 이납결, 정신태 씨가 교무를 전담함으로 날로 진취하더라." 이것은 1913년 10월 3일자 〈신한민보〉 기사다. 1913년이면 이동휘 선생이 41살 때다. 상해로 북간도로 블라디보스톡으로 그야말로 이동휘 선생처럼 종횡무진 드넓은 중국땅을 섭렵하며 독립운동에 이바지한 분도 흔치 않을 것이다.

이동휘 (李東輝, 1873. 6.20 ~ 1935. 1.31) 선생은 함경남도 단천 출신으로 8살 때부터 고향 대성재(大成齋)에서 한문을 수학하고 18살 때 상경하여 서울에서 이용익의 소개로 군관학교를 나와 육군 참령(參領, 지금의 소령)을 지냈다. 1907년 7월 한일신협약에 의해 한국군이 강제로 해산될 당시까지 참령으로서 강화진위대(江

華鎭衛隊)를 이끌어 왔다.

1908년 1월 서북학회(西北學會)를 창립하는 한편 이동녕·안창호·양기탁·이갑 등과 더불어 비밀결사 신민회를 조직하여 계몽운동과 항일투쟁을 전개했으며 1912년 북간도로 망명한 그는 국자가(局子街) 소영자(小營子)에서 김립·계봉우 등과 더불어 광성학교(光成學校)를 설립하여 지속적으로 민족주의 교육활동을 펼쳤다.

1913년 러시아 연해주로 거점을 옮긴 뒤, 블라디보스톡의 신한촌을 중심으로 조직된 권업회(勸業會)에 가담하여 이상설·이갑·신채호·정재관 등과 함께 '독립전쟁론'에 입각한 민족해방투쟁에 적극적으로 활동하였다.

1919년 8월 중국 상해로 건너가 대한민국임시정부 국무총리에 취임한 뒤 임시정부 내외의 동조세력을 규합, 사회주의운동 확산

이의순 애국지사의 아버지 이동휘 선생의 강화진위대 시절 (앞줄 중앙, 국가보훈처 제공)

을 위해 전력을 기울였다. 이동휘는 사회주의계열 독립운동가라는 이유 때문에 오랫동안 잊혀 왔으나, 1995년 대한민국 정부에서 그가 '대한민국임시정부 국무총리의 역할을 해왔다.'는 사실을 인정받아 독립유공자로 인정받았으며, 건국훈장 대통령장이 추서되었다.

할아버지 이발 (李發)

이의순 애국지사의 할아버지 이발(李發,1928. 5. 6 ~ 1951) 선생은 한학에 밝았으며 서울에서 보성각에 취직하여 새로 창립되는 신학교의 한문교과서를 친히 편집 발행하였다. 1912년 아들 이동휘가 간도로 망명을 하게 되자 함께 이주하여 한때 왕청현(汪淸縣) 하마탕의 조선인 마을에 살았다.

이후 블라디보스톡으로 이주하였으며 1919년 3·1운동 이후 블라디보스톡에서 46살이상의 남녀를 중심으로 독립운동을 원조할 목적으로 김치보·윤여옥 등과 함께 노인단(老人團)을 조직하였다. 그리고 노인단의 비밀회의에서 자신의 결심의지를 다음과 같이 발표하였다.

"나는 지금 70이 가까운 노인으로 죽는 것이 두렵지 않으며, 우리나라에서 일어난 독립운동과 우리민족의 애국심을 더욱 고취시키기 위하여 조선 내지에 나가서 다시 한 번 더 대한독립만세를 부르며, 민중을 격동시키며, 애국심을 고취하는 선동, 선전하는 선포문을 민중 대중 속에 선포하겠다."고 하여 이에 노인단에서 찬동하여 서울로 향하였다.

1919년 5월 31일 아침 동지 4명과 함께 노인단의 대표로 경성으로 올라와 종로 보신각 앞에서 각자 간직한 태극기를 휘두르며 만세를 불렀다. 그리고 그는 작은 칼로 자기의 목을 찔러 자살을 기도하자 일경은 이발 외 2명을 간곡히 설득하여 귀환케 하였다.

1920년 3월 1일 블라디보스톡에서 대한국민회 회장으로 뽑혔으며 삼일 기념식전에서 재러시아 동포들의 민족의식 고취에 진력하였다. 1928년 4월 20일 블라디보스톡에서 77살을 일기로 숨을 거두었다. 숨이 넘어가면서도 대한독립만세를 유서로 남겼으며, 이 유서는 〈선봉신문〉 1928년 5월 6일자에 실렸다.

정부에서는 고인의 공훈을 기려 1995년에 건국훈장 애국장을 추서하였다

도산 안창호와 함께 부른 독립의 노래
이혜련

하와이 오렌지 농장의 막노동꾼 남편 도와
미국인 집에서 식모살이
식당 허드렛일 하던 때는 그래도 나아

돌아올 기약 없이 상해로 떠난 남편
등골이 빠지도록 일해서 모은 돈
독립자금 대며 살아 온 세월

독립의 주춧돌 쌓으며
광복의 꿈 키웠건만
차디찬 서대문형무소서 날아든 비보

부귀와 영화를 꿈꾼 적 없이
광복의 몸부림 속에서
순국의 길 걸은 남편
통곡의 강 넘어 어찌 만났을까?

이혜련(李惠鍊, 1884. 4. 21 ~ 1969. 4. 21)

1917년 이혜련 애국지사 가족사진
(뒷줄 왼쪽이 도산 선생)

"당신은 애국자요, 영걸의 인물로서 국가에 속한 사람이니 국가와 민족을 위하여 일할 수 있는 대로 마음 놓고 활동하시오." 이 말은 도산 안창호 선생의 아내인 이혜련 애국지사가 한 말이다. 이러한 든든한 아내를 곁에 두었으니 도산 선생이 나라 안팎으로 활동할 수 있었을 것이다. 이혜련 애국지사는 평남 강서군에서 서당 훈장이던 이석관(李錫觀)의 큰딸로 태어나 서울 정신여학교에 입학하여 신학문을 배웠다. 18살 되던 1902년 9월 3일 밀러목사의 주례로 도산 안창호 선생과 결혼식을 올리고 다음날 미국행 배에 올랐으나 그것은 길고 긴 고난의 길이었다.

생면부지의 땅에 도착한 두 사람은 생계를 위해 열심히 일했다. 도산 선생은 리버사이드 오렌지 농장과 파나마 운하 공사장 등에서 노동일을 했으며 아내 이혜련 애국지사는 병원의 조리사 일과 미국인 집에서 빨래를 하는 등 몸을 사리지 않고 닥치는 대로 일을 했다. 이렇게 해서 번 돈은 물론 독립운동의 자금으로 쓰였다. 도산 선생은 1909년 2월 미본토의 공립협회와 하와이의 한인합성협회를 합해 국민회를 결성하여 해외 독립운동의 중심기관으로 만들었다.

이 시기에 이혜련 애국지사는 남편 도산 안창호가 독립운동에 전념할 수 있게 뒷바라지를 아끼지 않았다. 1910년 고국이 일제에 강제 점령된 1910년 이후부터 도산은 미국과 중국·러시아를 오가며 독립운동을 지도하고 있었으며 아내인 이혜련 애국지사는 도산이 조직한 대한인국민회를 지속적으로 지원하기 위해 의연금, 국민의무금, 특별의연금 등 독립운동자금을 모금하였다.

그러던 중 1919년 국내에서 3·1운동이 일어나면서 도산은 중국으로 건너간다. 3·1운동소식을 접한 미주지역 한인들은 미국 내에서 군자금을 모집하여 국내외 독립운동을 지원하였으며 미국민과 미국정부에 우리의 독립을 호소하였다. 이때 미주지역의 부인들도 활발하게 움직이기 시작하였는데, 하와이에서는 1919년 4월 1일 대한부인구제회를 정식으로 결성하였으며 미본토에서도 여성들의 단체가 새롭게 결성되었다. 당시 로스앤젤레스에 거주하던 이혜련 애국지사는 부인친애회를 조직하여 독립의연금 모금에 솔선수범하였다. 부인친애회에서는 1주일에 2일(화, 금요일)은 고기 없는[meatless] 날로 정했을 뿐 아니라 1주일에 하루(수요일)는 간장 없는 [kanchangless] 날로 정하여 그 돈을 모아 고국에서 고통 받는 동포들을 돕고자 하였다.

한편, 북미주 지역의 새크라멘토 한인부인회와 다뉴바의 신한부인회는 1919년 5월 18일 북미 지역 부인회를 통합하기 위한 통고문을 보냈으며, 이에 따라 8월 2일 각지의 부인 대표자들이 다뉴바에 모여 발기대회를 열고 합동을 결의하였다. 이때 참석한 부인회는 다뉴바의 신한부인회, 로스앤젤레스의 부인친애회, 새크라멘토의 한인부인회, 샌프란시스코의 한국부인회, 윌로우스의 지방부인회 등으로 대표들이 참석하여 대한여자애국단을 결성하게 되었다.

로스앤젤레스 부인친애회 대표로는 이혜련 애국지사를 비롯하여 임메불 · 박순애 · 김혜원 등이 참석하였다. 이와 같이 북미주의 4개 지방 부인단체들이 국민회 중앙총회에 청원하여 1919년 8월 5일 정식으로 대한여자애국단이 결성되게 되었던 것이다. 그 뒤 이혜련 애국지사는 대한여자애국단을 중심으로 국민의무금, 21례, 국민회보조금, 특별의연 등의 모금을 주도하였고, 미국적십자사 로스앤젤레스 지부의 회원으로도 활동하였다.

이 무렵 미주 동포들의 삶이 나아진 것은 아니었지만 이들은 서로 화목하게 지냈다. 1925년 3월 26일 이혜련 애국지사는 김마리아와 함께 대한여자애국단을 이끌었던 차경신애국지사의 결혼식에 참석하였다. 사실 이날은 남편인 안창호 선생이 신부의 손을 잡고 입장하기로 되어 있었는데 그만 도산 선생이 세탁소에 맡긴 단벌 바지가 도착하지 않아 결혼식에 참석하지 못하는 바람에 남편을 대신해서 신부를 데리고 입장했던 것이다. 당시 도산 부부는 독립운동가의 대부, 대모였던 것이다.

이후 1932년 중국 상해로 건너가 독립운동을 하던 중 윤봉길의 홍구공원 거사 직후 도산은 일제에 의해 체포되고 만다. 상해에서 잡혀 국내로 이송된 도산은 아내 이혜련 애국지사에게 편지로나마 위안과 사랑의 마음을 전했다. 한편 이혜련 애국지사는 1937년 3월 대한인국민회를 주축으로 로스앤젤레스에 총회관을 건립하는가

하면 대한여자애국단원의 일원으로 중일전쟁 재난민과 부상병들을 돕기 위한 약품과 붕대 등 구호품 모집에 밤낮으로 뛰어 다녀야 했다.

서울에서 수감생활을 하던 도산은 건강이 급격히 악화되어 경성제국대학 병원에 입원하였으나 1938년 3월 10일 불행히도 순국하고 말았다. 그러한 와중에도 이혜련 애국지사는 슬픔을 딛고 일어서서 열심히 여자애국단을 통한 항일전에 참여하였다. 여자애국단에서는 중국 난민구제를 위해 구제금으로 78달러를 거두어 송미령(宋美齡)에게 보냈으며, 또한 송미령의 요청으로 1939년 12월 76달러를 송금하는 등 끊임없이 임시정부와 중국의 항일전선에 독립자금을 모아 보냈다.

도산 안창호 선생과의 사이에는 장남 필립, 차남 필선, 삼남 필영, 장녀 수산, 차녀 수라를 두었다. 이들 자녀들도 일제가 진주만을 기습 공격한 이후 항일전에 당당히 참여하였다. 이혜련 애국지사의 자녀들은 로스앤젤레스에서 미국 국방에 협조하기 위해 장남 안필립과 안필선은 민병대에 입대하였다. 조국이 독립된 이후인 1946년 1월 6일 로스앤젤레스 대한인국민회 총회관에서 신년도 대한여자애국단 총회가 열려 이혜련 애국지사가 총단장으로 뽑혔으며 해방 이후에도 동포들을 위해 온 힘을 기울이다가 86살 생일인 1969년 4월 21일 미국에서 영면하였다. 이혜련 애국지사는 망우리 공동묘지에 묻혀있던 남편의 유해가 도산공원으로 이장되면서 로스앤젤레스에서 모셔와 이곳에 함께 잠들고 있다.

정부는 고인의 공훈을 기려 2008년에 건국훈장 애족장을 추서하였다.

도산 안창호 선생은 이혜련 애국지사의 남편

"오, 혜련! 나를 충심으로 사랑하는 혜련, 나를 얼마나 기다립니까? 나는 당신을 보고 싶은 생각이 더욱 더욱 간절하옵니다. 내 얼굴에 주름은 조금씩 늘고 머리에 흰털은 날로 더 많아 집니다. (중간 줄임) 당신은 나를 만남으로 편한 것보다 고(苦)가 많았고 즐거움 보다 설움이 많았는가 합니다. 속히 만날 마음도 간절하고 다시 만나서는 부부의 도를 극진히 해보겠다는 생각도 많습니다만 나의 몸은 이미 우리 국가와 민족에게 바치었으니 이 몸은 민족을 위하여 쓸 수밖에 없는 몸이라 당신에 대한 직분을 마음대로 못하옵니다."

- 1921년 7월 14일. 당신의 남편

그런가 하면 미국에서 1919년 상해로 간 뒤 가정을 돌보지 못하고 있다가 1926년에 잠시 미국에 들러 로스앤젤레스의 YMCA에서 마련한 도산 송별식장에서 가족에게 한말도 우리의 가슴을 아프게 한다. "내가 지금까지 아내에게 치마하나, 저고리 한 감 사준 일이 없었고, 필립에게도 공책 한 권, 연필 한 자루 못 사주었다. 그러한 성의가 없었던 것은 아니나 여러 가지 사정으로 그랬는데, 여간 죄스럽지 않다."

도산 안창호(安昌浩, 1878. 11. 9 ~ 1938. 3. 10) 선생은 1902년 결혼한 뒤 36간의 결혼 생활 중 가족과 함께 지낸 시간은 13년 밖에 되지 않는다고 한다. 이 점은 대부분 일제의 국권침탈 속에서 독립운동의 길을 걸었던 사람들의 공통점일 것이다.

계몽운동가, 독립운동가, 교육자, 정치가 등 도산 선생을 가리키는 말은 많다. 도산 안창호 선생은 평안남도 강서(江西)에서 태어나 17살 되던 해인 1894년 상경하여 구세학당(救世學堂)에서 수학하였으며 1898년 독립협회에 가입하였다. 독립협회가 만민공동회(萬民共同會)로 발전함에 따라 평양에서 관서지부(關西支部)를 발기하고 쾌재정(快哉亭)에서 만민공동회를 열어 국민의 자각을 호소하였다.

이후 미국으로 망명하여 1912년 샌프란시스코에서 대한인국민회(korean national association)중앙총회를 조직하고 초대 회장에 취임하였다. 이어 흥사단(興士團) 조직에 착수하여 무실역행 · 건전인격 · 단결훈련 · 국민개업(務實力行 健全人格 團結訓練 國民皆業) 등 정신개조(精神改造)를 목표로 한 민족계몽운동을 전개하는 한편, 신한민보(新韓民報)를 발행 하는 등 미주지역에서 왕성한 활동을 하였다. 그 뒤 상해로 건너가 임시정부의 내무총장 겸 국무총리 서리에 취임하는 등 인재교육에도 힘썼다.

김상옥 의사의 영원한 동지
이혜수

종로경찰서에 폭탄 던져
왜경의 간장을 서늘케 한 김상옥 의사

침략의 검은 마수 단호히 막기 위한
목숨과 맞바꾼 거사를 도울 자
그 누구던가

스스로 자청하여 의사를 도운 것이
저들에겐 폭도요
흉악한 죄인이라

장한 최후 맞이한 의사는 가고
왜놈에 끌려가 다리 부러졌어도
광복을 향한 몸부림은 멈출 수 없어

임의 희생으로 마침내 찾은 광복
저 세상 하늘가에서
의사도 빙그레 미소 지었으리

이혜수(李惠受, 1891. 1. 2~1961. 2. 7)

　"1923년 1월 22일 의열단 사건(종로경찰서에 폭탄 투척)으로 세상을 놀라게 한 김상옥은 자기의 생명을 초개 같이 여기고 효제동 한 모퉁이에서 일본의 수백 무장 경찰에 포위를 당하여 최후까지 쌍권총을 쏘다가 마침내 그의 일생을 피로 물들여 장렬한 전사를 했다. 이러한 김상옥 사건에 관련되어 일본 경찰의 잔혹한 고문으로 여러 번 까무러쳐 산 손장이 되었다가 겨우 생명은 부지 하였으나 몹쓸 매질에 다리병신이 되고 악형과 여독으로 수십 년 동안 병상에 누워 오랜 치료 끝에 조금 차도가 있었지만 청춘과 인생을 한껏 즐겨 보지 못한 채 세상을 떠난 한 여성이 있다. 그가 바로 이혜수다"

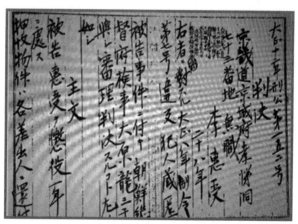

이혜수 판결문 1923.12.25 경성지방법원

이는 『한국개화여성열전』에서 최은희 씨가 이혜수 애국지사에 대해 쓴 이야기 가운데 일부다. 종로경찰서에 폭탄을 던져 세상을 놀라게 한 김상옥 (1890. 1. 5 ~ 1923. 1.22) 열사는 잘 알아도 그의 거사를 곁에서 도운 이혜수 애국지사에 대해서 우리는 잘 모른다.

이혜수 애국지사는 1891년 1월 2일 서울에서 아버지 이태성과 어머니 고소우리의 5녀 중 맏딸로 태어났다. 독실한 기독교 집안으로 자녀교육에 남다른 관심을 보였던 부모님의 영향을 받아 자녀 모두가 여자고등보통학교에서 근대교육을 받았다.

이혜수 애국지사는 한성고등여학교와 경성여자고등보통학교 기예과를 졸업하였다. 김상옥 의사와는 연동교회의 교인으로 어렸을 때부터 알고 지냈다. 1919년 3·1운동이 일어나자 이혜수 애국지사는 5월에 신의경 등 20여명의 동지를 모아 애국부인회를 결성하였다. 이들은 상해에 있는 대한민국임시정부를 지원하고자 독립운동자금을 모집하는 한편, 임시정부 요인과 국내에서 활동 중인 애국지사의 비밀연락을 담당했다.

김상옥 의사가 영국인 피어슨 집에서 윤익중 등 여러 명의 동지들과 더불어 혁신단을 조직하고 〈혁신공보〉를 발행할 적에도 이혜수 애국지사의 손을 거쳐 은밀히 배부하였고 친일파들을 암살 할 계획으로 한훈, 김동순 등과 함께 암살단을 조직할 때는 그 취지문을 이혜수 애국지사 집 건넌방에서 정설교가 썼다. 이혜수 애국지사는 암살단원들의 식사와 의류를 제공했으며 암살단 취지문을 등사판으로 밀어 300장을 만들어 배포하는 등 적극적으로 암살단원들의 일거수일투족을 도왔다.

국내 활동이 자유롭지 못하자 김상옥 의사는 상해로 망명했다. 그리고 독립운동 자금이 필요하여 두 차례나 귀국했을 때 뒷바라지를 한 사람도 이혜수 애국지사였다. 김상옥 의사는 상해에서 의열단에 가입하여 활동하다가 1922년 11월말 조선총독 암살과 종로경찰서 폭파라는 막중한 임무를 부여받았다. 상해에서 다시 서울로 돌아온 그는 이혜수 애국지사 집을 거점으로 흩어진 암살단 동지를 규합하고 거사준비에 나섰다.

1922년 12월, 김상옥 의사가 상해로부터 무기 등을 반입하자 김상옥을 자신의 집에 피신시키고, 비밀연락과 제반 편의를 제공하였다. 또한 1923년 1월에는 윤익중으로부터 독립운동자금 100원을 받아 김상옥에게 전해 주었으며, 같은 해 1월 12일 김상옥이 종로경찰서에 폭탄을 투척하고 18일 효제동 자택으로 찾아오자 김상옥을 나흘 동안 은닉시켰다. 이어 22일 새벽 왜경 수백 명이 효제동 일대와 그의 집을 겹겹이 포위 하고 집안으로 진입하자 김상옥 의사는 양손에 권총을 들고 3시간 동안 왜경과 격전을 벌인 끝에 마지막 총탄으로 자결하였다.

김상옥 의사가 최후의 1탄으로 장렬한 죽음을 맞이하자 그날 그 시각으로 이혜수 애국지사의 일곱 식구들은 모조리 포승에 묶여 종로경찰서로 잡혀갔다. 왜경의 취조는 형언 할 수 없는 악형과 고문으로 이어졌다. 특히 왜경은 김상옥 의사와 관련된 자는 없는지, 또 다른 무기를 감추지는 않았는지 등을 집중해서 물었다. 이혜수 애국지사가 입을 다물고 대꾸를 하지 않자 몹쓸 매질을 해대기 시작하여 결국에는 다리뼈가 으스러지고 살점이 흩어져서 피뭉치를 이루었다. 이로 인해 이혜수 애국지사는 평생 다리병신으로 삶을 마감했다.

"나는 권총을 갖고 있지 않다. 나는 모른다. 나는 폭탄도 없다. 우리 집에 왔던 사람은 전씨(이 자가 김상옥 의사의 숨어 있는 것을 고자질함) 밖에 없다. 죽일 테면 죽여라. 사람이 한번 죽지 두 번 죽느냐!"라고 악을 쓰며 대들었다. 반송장이 다된 이혜수 애국지사를 왜경은 포승줄에 묶어 유치장으로 집어넣었다. 결국 이혜수 애국지사만 경성지방법원으로 송치하고 나머지 가족은 풀려났다.

1923년 12월 25일 이혜수 애국지사는 징역 1년형을 언도받고 옥고를 치렀다. 그 뒤 1961년 12월 22일 청파동 자택에서 뇌출혈로 숨을 거둘 때까지 그는 평생을 고문 후유증으로 고통스런 삶을 살아야 했다. 김상옥 의사의 독립투쟁 절반의 몫은 이혜수 애국지사의 몫이었다고 해도 지나치지 않을 만큼 이혜수 애국지사는 온 몸이 반신불구가 되면서까지도 조국의 독립에 헌신적인 삶을 살았다.

정부에서는 고인의 공훈을 기려 1990년 건국훈장 애국장(1977년 건국포장)을 추서하였다.

이혜수 애국지사의 동지 김상옥 의사

김상옥 의사

"그 애가 자랄 때 온갖 고생을 했어요. 옷 한 가지 변변한 것을 못 얻어 입히고 밥 한술도 제대로 못 먹였으며 메밀찌꺼기와 엿밥으로 살았지요. 어려서 공부가 하고 싶어 "어머니 나를 삼 년만 공부시켜 주세요." 하던 것을 목구멍이 원수라 그 원을 못 풀어 주었습니다. 낮에는 대장간에서 일하고 밤에는 야학을 하는데 시간이 급하여 방에도 못 들어가고 마루에서 한 숟갈 떠먹고 갈 때 그저 '체할라 체할라' 하던 때가 엊그제인데 어쩌다가 이 모양이 되었습니까?" 김점순 애국지사는 아들 김상옥(金相玉, 1890.1.5-1923.1.22)의 주검 앞에서 그렇게 흐느꼈다.

그런 아들은 야학을 통해 민족의식을 싹 틔우게 되고 급기야는 조국의 독립운동에 앞장에 서서 그간의 소극적인 방법을 달리하여 조직적이고 적극적인 투쟁을 모색하다가 동지들을 모아 암살단을 조직하게 되는데 혁신단(革新團)이 그것이다.

암살단은 김상옥을 중심으로 윤익중, 신화수, 김동순, 서병철 등으로 이들은 독립자금모집과 무기수송, 관공서 폭탄 투척 등을 계획한다. 이들의 주된 표적은 일제 총독과 고관을 비롯하여 민족반역자들을 숙청하는 것으로 이 계획을 효과적으로 해내려고 대한광복회의 양제안, 우재룡 등의 동지와 적극적인 유대관계를 가지고 무력투쟁을 펼쳤으며 1차 목표로 전라도 등지의 친일파 척결을 위해 일본경찰이나 악명 높은 헌병대 습격을 감행하였다.

또한, 1920년 8월 2일 미국의원단이 동양각국을 시찰하는 날을 잡아 이들을 영접하러 나간 일제 총독과 고관 등을 처단하기 위해 직접 상해 임시정부에 가서 이동휘, 이시영, 안호 등과 협의한 끝에 권총 40정, 탄환 300여 발을 가져와 이들 시찰단의 조선 방문 때 거사를 도모했다. 미국 시찰단은 여행 목적이 관광이었지만 이때는 제1차 대전이 끝나고 일제가 대륙침략을 추진하던 때로 미국의 아시아 극동정책 특히 만주를 포함한 소련과 일본과의 이해가 첨예하게 대립하던 시기였다.

따라서 식민지 한국인의 처지에서 미의원단에게 일제의 침략전쟁을 인식시키고 결과적으로 한국의 독립을 지원하게 함과 동시에 세계여론에 호소하려는 게 그 목적이었다. 이를 계기로 이들은 제2의 3·1운동과 같은 거족적인 민족운동을 일으키기로 맘을 먹었다. 그러나 미국 의원단의 서울 도착 전날 일부 동지들이 잡혀가는 바람에 이 계획은 실패로 돌아갔고 그는 일제 경찰의 수사망을 피하여 중국 상해로 망명하게 된다.

이곳에서 다시 김상옥은 김구·이시영·조소앙 등 임시정부 요인들의 지도와 소개로 조국독립을 위한 투쟁을 전개하였는데 1921년 일시 귀국하여 군자금 모집과 정탐의 임무를 수행하였고, 다시

1922년 겨울 의열단원으로 폭탄·권총·실탄 등의 무기를 휴대하고 동지 안홍한·오복영 등과 함께 서울에 잠입하여 거사의 기회를 노리다가 이듬해 1월 12일 밤 종로경찰서에 폭탄을 투척함으로써 일본의 식민지 척결과 독립운동에 불을 붙였다.

그러나 일제는 정예기마대와 무장경관 1,000여 명을 풀어 김상옥을 체포하려고 혈안이 되었으며 삼엄한 수색 끝에 포위된 김상옥은 그들과 대치하면서 몸에 지닌 권총으로 구리다(慄田)외 일본 경찰 15명을 사살하고 자신도 마지막 남은 한 방으로 순절하였으니 그의 나이 34살이었다.

- 이 글은 『서간도에 들꽃 피다』〈2권〉에 있는
김점순 애국지사 편에 실린 아들 김상옥 의사에 관한 글이다.
더 자세한 것은 〈2권〉참조-

최후의 1인까지 불사하자 외친
이화숙

평화로운 마을을 불태우고
학살의 구렁텅이로 빠트린 왜놈들

사랑하는 처자들의 능욕이 얼마이며
학살된 부모형제 또 얼마더냐

원한은 골수에 사무치고
비분강개는 하늘을 찌르노니

정의의 사자로
조선인이 자유민임을
세계만방에 선언하면서

최후의 1인까지 목숨을 걸겠노라고
홍일점으로 맹세한 임
그 굳은 의지
광복의 꽃으로 피어났어라.

이화숙(李華淑, 1893~1978)

1919년 한성임시정부 성립 시 작성된 공약 삼장의 대한민족대표 30명 가운데 한 사람으로 참가 한 뒤, 중국 상해로 망명하였다. 1919년 7월 상해의 장빈로(長濱路) 애인리(愛仁里)에서 조직된 임시정부 후원단체인 대한적십자회의 상의원(常議員)으로 뽑혔으며, 9월에는 임시정부 국무원 참사(參事)로 임명되어 활동하였다.

또한 1919년 10월 13일 상해 프랑스 조계(租界) 보창로(寶昌路)에서 임시정부 후원을 목적으로 대한민국애국부인회가 결성되었는데 회장에는 이화숙 애국지사가 맡았고 부회장 김원경, 총무, 회

부부 독립운동가 이화숙, 정양필 애국지사의 혼인사진(1920년)

계, 출판부, 교제, 사찰 등의 조직을 갖추고 본격적인 활동에 들어갔다. 이들은 주로 임시정부의 재정 지원과 동포 구원활동을 펼쳤으며 태극기 만들기, 회의장 준비, 상장 만들기 같은 일을 하면서 대한민국임시정부에 든든한 후원 조직으로 활동을 폈다.

1920년대 후반 대한민국임시정부의 활동이 미약해짐에 따라 대한민국애국부인회의 활동도 다소 위축되었으나 1940년대에 들어서면서 주의와 이념을 초월하여 대한민국임시정부를 적극적으로 지원하는 단체로 자리 잡았다.

이화숙 애국지사는 1920년 임시정부의 외곽후원단체인 민단(民團)의 상의원으로 활동하다가 미국으로 건너갔으며 미국에서 독립지사 정순만(鄭淳萬)의 아들인 정양필(鄭良弼)과 결혼한 뒤 지속적으로 독립운동자금을 모금하는 등 광복이 될 때까지 조국독립을 위한 후원활동에 전심전력하였다.

정부에서는 고인의 공훈을 기려 1995년에 건국훈장 애족장을 추서하였다.

더보기

남편 정양필 (鄭良弼, 1893. 12. 1 ~ 1974) 애국지사

한국독립운동사에서 이승만(李承晩), 정순만(鄭淳萬), 박용만 (朴容萬)을 '삼만'으로 부른다. 세 사람은 출신지는 각각 다르나 일정기간 재미 동포들에게 독립사상을 고취했다는 공통점이 있다. 이 가운데 충북 청원 옥산면 덕촌리 출신의 정순만은 1911년 불의 의 사고로 러시아에서 사망했다.

그에 앞서 정순만은 1905년 독립운동에 전력투구하기 위해 만주 용정으로 망명하면서 삼만의 한 명인 박용만에게 자기 아들 양필 (당시 12세)의 뒤를 부탁한다. 1905년 2월 박용만·유일한·정한 경 등과 함께 미국으로 건너간 정양필은 도미 후 1906년 박용만의 숙부 박장현을 비롯하여 유일한·정한경 등과 함께 미주 중서부지 역인 네브라스카주 커니시에 머물며 미국 내 최초의 한인군사학교 인 '한인소년병학교(韓人少年兵學校)'에 입학했다. 이곳에서 장 차 독립전쟁이 일어날 때를 대비하여 항일투쟁에 필요한 사관생도 로서 전투훈련 수업을 받고 졸업하였다.

1919년 4월 13일 한성임시정부의 평정관(評政官)으로 뽑혔으며, 1942년 12월 당시 북미 대한인국민회(大韓人國民會) 디트로이트 지방총회 회원으로 활동하였고, 1942년 1월부터 6월까지 수차에 걸쳐 군자금을 제공하는 등 일생을 조국의 국권회복운동을 위해 헌신하였다.

한편 2013년 5월 9일자 충북일보는 정양필 애국지사의 친손자 러쎌 모이(Russel Moy) 씨가 정양필 할아버지 도미 이후 108년 만에 고향에 찾아 온 것을 보도했다. 모이 씨는 할아버지(정양필) 와 증조할아버지(정순만)의 고향인 충북 청원 옥산과 충북대학을 찾았다. 모이 씨는 또 외할머니 이화숙 (정양필 부인) 애국지사의 발자취를 찾아 서울 이화여고를 방문했다는 사실을 보도 했다.

자그마치 108년 만에 증조할아버지와 할아버지가 그리던 고국 에 돌아온 손자 러쎌모이 씨의 감회는 남달랐을 것으로 생각된다.

정부에서는 고인의 공훈을 기려 1995년에 건국훈장 애족장을 추 서하였다.

더보기

시아버지 정순만 (鄭淳萬, 1873. 3. 3 ~ 1928. 10. 17.) 애국지사

충북 청원 출신으로 1896년 3월에 이승만·윤치호 등과 함께 독 립협회 창립에 참여하였다. 1898년 11월 만민공동회 도총무부장으 로 활약하다가 이승만·유 근·나 철·안창호·남궁 억·양기탁 등 367명과 함께 왜경에 잡혔다. 1902년부터 1904년 사이에 정순만 은 이승만·박용만과 함께 삼만(三萬)으로 결의하여 의형제를 맺 고 만주로 망명하여 간도 용정에서 이상설·이동녕·여 준 등과 함께 서전서숙(瑞甸書塾)을 설립하고 민족교육과 독립사상을 일깨웠으며 또한 독립군 양성 등에 주력하였다.

1907년에는 안창호·김 구·이동녕·이동휘·양기탁·이회영 등과 함께 신민회(新民會)를 조직하였다. 또한 헤이그 밀사의 여비 1만 8천원을 교포로부터 모금하여 전달하였다. 1909년에는 러일전쟁 및 경술국치를 전후하여 이범윤·이상설·이동녕·이동휘·박은식·안창호 등과 함께 노령(露領)에서 활약하였다.

1910년 연해주 지역에서 〈해조신문(海朝新聞)〉, 〈대동공보(大東共報)〉 등을 펴냈다. 또한 13도 의군부(義軍府)·성명회(聲明會)·권업회(勸業會)를 창설하는 등 민족계몽과 독립운동을 펼치는 일에 헌신하였다.

정부에서는 고인의 공훈을 기려 1986년에 건국훈장 독립장을 추서하였다.

무등산에 울려 퍼진 만세 함성
장매성

누천년 무등산 정기 흐르는
빛고을 광주의 낭자들

침략자의 차별과 멸시
더는 두고 볼 수 없어
기회를 엿보다가 터진
나주역 구내 폭행 사건

오호라 때는 이때다
조선인 학생이여 뜻을 모아라
조선인 학생이여 떨쳐 일어서라

일제의 간악한 침략에 맞서
끓는 피로 응징한 임의 함성

빛고을 무등산 넘어
백두까지 울려 퍼졌네

장매성(張梅性, 1911. 6.22 ~ 1993.12.14)

1920년대 중반 이후 사회주의 운동이 확대되면서 학생들이 그 영향을 받아 독서회 등 비밀결사운동이 적지 않았다. 광주공립여자고등보통학교에서는 1928년 11월 장매성의 주도로 비밀결사 소녀회(少女會)가 결성되어 민족독립과 여성해방 문제를 토론하며, 독서회 중앙부와도 밀접한 관계를 맺고 남학생들과 함께 독립운동 역량을 기르는 데 노력하였다.

1929년 11월 3일 광주역에서의 격투로 비화된 한·일 학생들의 충돌 이후 광주공립여자고등보통학교 학생들은 광주공립고등보통학교·광주공립농업학교·전라남도공립사범학교 학생들과 연합 가두시위를 벌였다.

이들은 다달이 1회씩 토론연구회를 가졌으며, 다달이 10전의 회비로 책을 사서 연구하기도 했다. 특히 학교단위 비밀결사 조직이었던 남학생 독서회와 긴밀한 관계를 갖고 공동전선을 구축했다. 1929년 11월 3일 광주학생운동 때는 한 손에 약과 붕대를, 한 손에는 주전자를 들고 시위에 참여했으며, 소녀회는 광주학생운동을 조사하는 과정에서 발각되어 장매성을 비롯한 관련 여학생이 모두 검거되었는데, 장매성은 징역 2년, 나머지 10명은 징역 1년에 집행유예 5년형을 선고받았다.

지속적으로 확대되는 항일학생운동은 1929년 11월 3일 광주학생운동을 통하여 보다 과격화·조직화되어 전국적 항일학생운동으로 확대되었다. 같은 해 12월 2일에는 식민지 교육제도를 절대 반대하고 <치안유지법>을 즉시 철회할 것을 요구하며 학생들의 총궐기를 격려하는 격문 8,000장이 서울의 여러 학교에 배부되었는데 경성여상·동덕 등 여학교에도 전달되었다.

12월에 들어서면서 서울 학생들의 항쟁 의지는 더욱 드세어갔다. 12월 10일에 숙명과 근화여학교가 휘문·배재 등에 이어 만세를 불렀고, 11·13일에는 이화·경성여상·동덕·실천여학교들이, 13일에는 배화·진명·중앙보육·정신여학교가 동맹휴학 등의 방법으로 저항하였다.

학생운동 저지를 위한 강제 조기방학을 마치고 1930년 1학기가 시작되자 학생들은 더 조직적이고 강렬한 시위운동을 벌였다. 경성여상·실천여학교·동덕여고보·정명여학교·배화여고보·진명여고보·숙명여고보·경성보육·태화여자관 학생들이 교내외에서 궐기하였다.

한편 지방에서는 개성의 호수돈여고보·미리흠여학교, 전주의 기전여학교, 진주의 일신여고보, 부산의 부산여고보, 평양의 평양여고보·숭의여학교·정의여학교 등이 맹휴와 항일학생 시위에 적극 동참하였다. 이러한 학생들의 전국적인 식민지 저항운동은 광주학생운동이 그 도화선이 된 것으로 장매성 애국지사는 그 앞 맨 선두에서 활약하였다.

정부에서는 고인의 공훈을 기려 1990년에 건국훈장 애족장(1968년 대통령표창)을 수여하였다

더보기

역사에 길이 남을 "광주학생운동"

1919년 3·1 만세운동 이후에도 우리겨레의 일제에 대한 저항은 지속되었는데 1929년에 들어서서 광주고등보통학교를 비롯한 광주 학생들의 항일기운도 위축되지 않았다. 그러던 1929년 3월 광주고등보통학교 학생 김몽길·여도현 등이 학칙 문란의 이유로 퇴학을 당하는 사건이 발생하였다. 이 사건으로 교내는 험악한 분위기가 감돌며 긴장이 계속되다가 광주학생동맹휴교 1주년이 되는 6월 26일 5학년을 비롯하여 2·3학년 학생들이 수업을 거부하고 귀가하는 사태가 벌어졌다.

거기에다가 이날 통학열차가 운암역을 통과할 때 일본인 중학생 하나가 "조선인은 야만스럽다"라는 말이 문제가 되어 일본인 중학생과 광주고등보통학교학생 사이에 충돌 사건이 일어났다. 이러한 일련의 사건 등으로 광주지방의 한·일 학생 사이의 감정은 더욱 악화되고 있었으며, 특히 광주 주변에서 기차로 통학하는 학생과 일본인 학생들의 관계는 긴박한 긴장감마저 돌게 되었다.

이러한 한·일 학생 사이의 대립이 폭발한 것은 1929년 10월 30일 오후 5시 반 광주발 통학열차가 나주에 도착하였을 때였다. 이날 나주역에서 통학생들이 개찰구로 걸어 나올 때 일본인 학생 몇 명이 광주여자고등보통학교 3학년 학생 박기옥, 이금자, 이광춘 등의 댕기 머리를 잡아당기면서 모욕적인 발언과 조롱을 하였다. 그

때 역에서 같이 걸어 나오고 있던 박기옥의 4촌 남동생이며 광주고등보통학교 2학년생인 박준채 등이 격분하여 이들과 충돌하였다. 그러나 출동한 역전 파출소 경찰은 일방적으로 일본인 학생을 편들며 박준채를 구타하였다.

그렇잖아도 끓어오르던 분노가 마침내 광주지역 학생들의 가슴을 불타오르게 했다. 학생들은 목숨을 걸고 일제국주의에 저항했으며 이 과정에서 수많은 학생과 교사들이 붙잡혀가는 고초를 당해야 했다. 1928년 6월부터 동맹 휴교 형태로 끓어오른 광주학생의 대일 항쟁의 의의는 다음 두 가지로 요약할 수 있다.

첫째, 광주 학생들은 당시 사회운동 · 청년운동을 포함한 민족독립운동을 깊이 받아들였고 우리 민족이 일제의 강점으로 식민지화되어 있을 때 민족 독립을 위한 역사적 과제를 모색하는 생동력 있는 지성을 추구해 나갔다.

둘째, 광주 지역에는 이미 학생들을 대상으로 한 성진회가 창립되어 민족 독립의 성취를 위한 이론을 다양하게 연구하여 대일항쟁요원을 육성, 조직하고 있어 학생운동이 가능했다. 이것은 그만큼 우리 민족이 철저한 독립의지를 갖고 활동하고 있었음을 입증하는 것이며 향후 모든 항일운동에 영향을 끼쳤다. 곧 광주학생운동은 민족교육을 주창하며 궐기한 거국적 민족독립항쟁이었던 것이다.

아홉 그루 소나무 결의 다진 독립투사
전창신

보신의 어린 여학생
아홉 그루 소나무 결사대 만들어
밤마다 우물가 모여 뜻을 세웠지

우리는 일본어가 싫다
우리는 조선어를 배우고 싶다

돌아오는 것은 회초리 세례
뼈마디 으스러지는 아픔 참아내며
예서 지면
더 큰 일 할 수 없다 다짐한 동무들

조선의 독립은 우리가 지켜낸다
조선의 독립은 우리가 이뤄낸다

칼바람 눈보라 속에서도
푸르게 푸르게 조선을 지켜낸
광복의 꽃보라 전창신 여사여!

전창신(全昌信, 1901. 1.24 ~1985. 3.15)

"한번은 어머님께 3·1운 동 때 옥고를 당하셨다면서 요? 라고 여쭈니 '나의 양심 과 애국심이 움직이는 대로 행동 한 것이 조금이나마 국 권 회복에 되었다면 나는 그 것으로 만족해.' 라고 대답 하셨다." 이는 전창신 애국 지사의 며느님이신 이화옥 선생의 증언이다.

요즈음 사람들은 뭘 조금 만 해도 자랑하지 못해 안달 인데 독립운동하신 선열들을 보면 전창신 애국지사처럼 "내가 한 게 뭐 있느냐?" 면서 겸손히 손사래를 친다. 본인이 그러하다 보니 후손이나 주변 분들은 정말 그 말을 곧이곧대로 듣고는 혹독하던 일제의 횡포와 온갖 폭력 그리고 쓰라린 감옥의 고통스런 체험에 대해 알아보려고 하지 않는 경향이 있다.

전창신 애국지사는 자신이 살아낸 일제강점기의 체험기를 잔잔 한 필체로 쓴『작은 불꽃』이라는 책을 남겼다. 이에 대해서 이화 옥 선생은 "어머님이 이 글을 쓰신 지는 18년이 된다. 그러나 이 원고는 살아생전에 세상에서 빛을 보지 못하다가 20세기 초에 태어난 한 한국여성의 역사적 기록으로 후학에게 귀한 연구 자료가 될 것으로 판단되어 2003년에 『작은 불꽃』이란 이름으로 찍어 대전 현충원에 잠들어 계신 부모님 영전에 바쳤다."고 했다.

이 책이 세상에 나옴으로써 우리는 전창신 애국지사의 나라사랑 마음과 시대정신을 읽을 수 있게 된 것이다. 전창신 애국지사는 1901년 1월 24일 함경도 함흥면 신창리에서 태어났다. 아버지 전원규는 서울에서 오산학교를 나온 인텔리로 1907년 7월 19일 고종황제의 강제 퇴위를 보고는 상복을 입고 잠적했는데 "국권회복은 오로지 국민의 교육에 있다."라는 신념으로 블라디보스톡으로 건너가 그곳 신한촌에 민족학교를 세워 학생들을 가르쳤다.

그 뒤 1908년 온 식구들이 성진으로 이사하였고 전창신 애국지사는 보신여학교에 입학하게 된다. 당시 성진에는 매국노 이완용을 저격하다 교수형에 처해진 이재명 열사의 부인을 비롯하여 성진을 거점으로 구국운동을 하던 이동휘 선생 등 숱한 독립투사들이 모여들었다.

1912년 보신여학생 9명은 극비리에 9송(松) 결사대를 조직하여 북만주로 가서 독립군이 되어 조국에 헌신 할 것을 맹세하였다. 이들은 일본어 시간에 집단으로 결석하여 선생에게 대나무로 손바닥을 맞으면서도 밤마다 기숙사 우물가에 모여 구국기도회를 가졌다. 이들은 당시 중국으로 건너가 독립운동을 하고자 했으나 뜻을 이루지 못했다. 1918년 함흥영생고녀 보습과를 졸업한 전창신 애국지사는 최초의 한국 여자 선생으로 채용되었고 이듬해 동경유학이 예정되어 있었다.

그러나 이듬해인 1919년 전국적으로 일어난 3·1만세 운동이 함흥에도 번져 3월 3일 함흥장날을 이용해 만세운동이 일어났다. 전창신 애국지사는 영생여학교 처녀 선생으로 학생들을 이끌고 만세운동에 참여 하였다. 학생들과 밤새 태극기를 만들고 만세운동에 나가려는 전창신 애국지사를 본 교장 맥애런(McEachern) 은 전창신 선생에게 눈물 어린 어조로 말렸다.

"나라사랑하는 길은 하나뿐이 아니오. 이런 거사는 남자들이 앞장서는 것이오. 여자는 그 보다 더 중요하게 애국하는 길이 있오. 그것은 여성교육을 맡는 것이오."

물론 맥애런 교장의 심정은 이해가 갔지만 전창신 애국지사는 학생들과 함께 만세운동의 맨 선두에 섰다. 봇물처럼 터진 신창리 만세 운동의 주역이 된 것이다. 이 일로 주모자 42명이 잡혀갔다. 이 가운데 40명은 남자고 단 두 명만이 여자였다. 함흥 3·3만세사건으로 전창신 애국지사는 9개월의 옥고를 치렀으며 당시 일본인 법관이 왜 만세를 불렀는지 말하라는 질문에 다음과 같이 답했다고 한다.

첫째, 학교에서 우리의 말과 이름을 못 쓰게 하고 아이들의 황국신민화를 강요하고 있다

둘째, 조상 전래의 지주 땅을 몰수하여 소작인으로 전락한 사람들을 북만주 땅으로 가게하고 있다

셋째, 언론기관을 철폐, 집회를 불허하고 애국자는 투옥하고 있다

넷째, 인종차별로 우리를 정신적, 경제적으로 위협하고 있다. 내 문둥이 같은 팔을 보라. 내가 감방에서 짐승 같은 대우를 견뎌내야 하는 것은 나라가 없는 탓이 아니겠느냐? 그러니 나의 숙원은 독립 아니면 죽음일 뿐 감옥에서 편하자는 것이 아니다.

전창신 애국지사는 이렇게 자신이 만세운동에 앞장선 까닭을 당당히 밝혔던 것이다. 더 흥미로운 일화는 출옥 뒤의 일이다. 전창신 애국지사는 일본 동경에 유학하기로 되어 있어 도항증을 찾으러 갔는데 성진 경찰서장이 "일본에 만세 부르러 갈테냐?"라고 물어 "아니다. 독립운동하러 간다."고 했다는 것이다. 이 일로 도항 거부를 당했으나 그 뒤 캐나다 선교부 주선으로 일본에 건너가 1921년 동경영화전문학교를 마치고 돌아왔다. 그러나 일제는 불령선인(不逞鮮人)이라는 낙인을 찍어 일본제국의 아동교육을 맡길 수 없다고 하여 공립학교 교사직 진출 자체를 막았다.

그러한 가운데 남편은 신사참배 반대로 광주형무소에 수감되어 있었다. 취직도 못하는 상황에서 늙으신 부모 봉양과 남편의 옥바라지 그리고 4남매의 생계까지 짊어져야 하는 전창신 애국지사의 삶은 고난 그 자체였고 쓰라린 가시밭길이었다. 광복 뒤에는 대한민국 최초의 여자경찰서장을 지냈으며 1967년 황애덕, 황신덕, 박현순, 김영순 등과 함께 3·1여성 동지회를 만들어 여성독립운동가들의 활약상을 널리 알리다가 84살의 나이로 1985년 숨졌다.

정부에서는 고인의 공훈을 기려 1992년에 대통령표창을 추서하였다.

남편 김기섭(김주) 선생도 독립운동가

김기섭(金基燮, 1891, 1,11 ~ 1950, 9,20)

"손병희 등이 발표할 조선독립선언에 호응하고 함흥에서도 다중을 결속하여 시위운동을 하기로 공모하였다. 이들은 운동자금으로 각 5원 내지 100원을 갹출하여 동지를 규합하고 독립선언서를 입수한 뒤 이를 인쇄하였다. 또한 태극기를 만들어 배포하고 3월 3일 정오를 기해 다수의 동지와 학생 기타 수백 명의 군중과 함께 만세를 불렀다."

위는 전창신 애국지사의 남편인 김기섭 선생의 1919년 7월 3일 판결문이다. 죄목은 "보안법위반과 출판법위반이며 김기섭 선생의 나이 28살 때의 일이다.

김기섭 선생은 함경남도 함흥 사람으로 1919년 3월 3일에 전개된 함흥에서의 독립만세운동을 주동하였다. 그는 1919년 3월 3일 함흥장터에서 만세시위를 계획하고 그 추진을 주도한 42명 가운데 1명이다. 이들은 장터에서 군중을 모아놓고 독립만세운동을 펼치다가 일본경찰에 체포되었으며, 이해 7월 3일 경성복심법원에서 징역 8월형을 받고 옥고를 치렀다.

출옥 후에는 일제의 감시인물로 지목되어 사회활동에 제약을 받으면서도 기독교 목사로서 항일운동을 계속하였다. 1943년 4월에 전남 순천 기독교 박해 상황을 조사하기 위하여 출장 중, 설교자료, 강연자료 등을 압수당하고 기독교인의 비밀결사사건과 관련되어 1944년 2월 4일 광주지방법원에서 또 다시 징역 1년 6월형을 받고 옥고를 치렀다.

정부에서는 고인의 공훈을 기려 1990년에 건국훈장 애족장(1977년 대통령표창)을 추서하였다.

평양 만세운동을 뒤흔든
채혜수

개화에 눈뜬 집안
여자도 배워야 산다고 보낸 유학
침략의 역사가 없었으면
으뜸 규수로 한평생 곱게 지냈을 몸

이화학당 졸업반 때
범수리 고향땅 밟은 길로
만세운동 따라나서
모진 고문 다 받았네

동경 2 · 8 독립 선언한 청년과
백년가약 맺은 몸
다음날로 다시 잡혀 철창신세
몇 해인고

세상 사람들아
평양의 만세 역사
채 규수 빼지 말고
피맺힌 한까지 모두 적어주소

채혜수(蔡惠秀, 세례명 채애요라, 1897.11. 9 ~ 1978. 12.17)

"밥주발로 원을 그려 태극기를 그렸다. 그리고 혈성가와 선언서를 밤새 복사했으나 사람 손이 모자라 새벽차를 타고 평양 남산현 교회 목사님 댁으로 갔다. 그곳에서 교사, 청년들과 함께 태극기를 그려 대꼬치에 붙였다. 한 사람당 태극기 10개, 선언서, 혈성가 5장씩 치마 속에 숨기고 1919년 3월 1일 고종황제 붕어 추념식에 참여하기 위해 평양 남산현 예배당에 집합하였다. 그러나 이미 일본 형사들이 낌새를 알아차리고 대기하고 있었다. 추념식을 마친 뒤 애국심에 불타는 청년 20여명이 일어나 혈성가를 부르면서 대한독립만세를 외쳐대기 시작했다. 대기하던 일본 형사들이 급히 일어나 구둣발로 밟고, 태극기를 빼앗고, 칼과 총대머리를 휘두르는 것도 모자라 총을 쏴댔다. 시조모님(채혜수 애국지사)도 총대로 머리를 맞아 피투성이가 되었다."

이는 박옥란 씨가 시할머니인 채혜수 애국지사에게 직접 들은 증언이다. 이날 가까스로 몸을 피해 어느 교인 집에 한 달쯤 숨어 지내다가 집에 돌아 왔으나 불안한 집안 식구들은 약혼자 전영택 청년과 결혼식을 시키고 만다. 마침 전영택 청년도 도쿄에서 2·8 독립선언을 한 뒤 쫓기듯 귀국한 길이었다.

그러나 결혼식을 올린 다음날 아침 밥상을 받고 수저도 들기 전에 채혜수 애국지사는 2명의 일본인 형사에게 잡혀가 만세사건 연루자로 재판에 넘겨져 2년 6개월 형을 언도 받게 된다. 평양의 추운 감옥살이는 최악의 상태였다. 3·1 만세 사건 때 입은 부상이 완전히 낫지 않은 상태에서 추위에 떨다 폐렴에 걸린데다가 오물투성이의 감옥 환경에서 피부병까지 걸려 생사의 귀로에 서기도 했다.

채혜수 애국지사는 평남 대동군 범수리에서 아버지 채규현, 어머니 김덕윤의 둘째딸로 태어났다. 일찍부터 개화에 눈을 뜬 집안에서는 여자들도 가르쳐야 한다는 의식으로 어린 딸을 평양 숭의보통학교에 보냈고 이어 서울 이화학당에 유학을 보냈다. 채혜수 애국지사가 이화학당을 졸업할 무렵에는 이미 국권이 일제에 넘어간 뒤였고 1917년 그는 숭의학교에서 교편을 잡고 있었다.

1919년 겨울 방학의 일이었다. 방학을 맞아 고향에 돌아와 있던 채혜수 애국지사는 이화학당 선배로부터 3·1운동 거사에 대한 이야기를 전해 듣고 이에 합세하기 위해 태극기를 만드는 등 준비를 하고 있었다. 평양의 3·1만세운동은 숭덕학교와 남산현교회, 천도교구당의 집회에서 시작되었다. 채혜수 애국지사는 3월 1일 평양 남산현교회의 독립만세운동 집회에 참석하여 전날 직접 제작한 태극기 100여 장을 배포하고 혈성가(血誠歌)를 부르며 독립만세를 외쳤다.

이날 각 집회에서 행진해 온 시위군중은 평양경찰서 앞에서 합세하여 도청, 재판소, 평양역 광장, 평양부청, 평양형무소 등 시가지를 돌며 독립만세를 외쳤다. 오후 7시쯤에는 평양경찰서 앞에서 경찰과 충돌하였고 수많은 사람이 부상당하고 검거되었다. 채혜수 애국지사는 평양감옥에서 폐렴으로 몸을 추스르지 못하게 되자 잠시 보석으로 나왔다가 재수감되어 8개월 형을 살아야 했다. 전영택 신랑은 결혼 다음날 잡혀간 신부를 면회하러 갔지만 감옥 내에서 병환 중이라 면회조차 시켜주지 않아 내키지 않는 발걸음을 떼어야 했다.

출감 뒤에 첫아기를 가졌을 때 유종을 심하게 앓아 피고름을 짜내는 대수술을 해야 하는 등 고생을 많이 했다고 박옥란 씨는 "여성독립운동가 후손 이야기 『3 · 1여성동지회』"에서 밝혔다.

"여러분들은 스스로 참 일꾼이 되겠다는 결심을 하고 살아가는 사람이 됩시다. 우리들은 자칫 잘못하면 식충이만 못한 사람이 되어 평생을 지내게 됩니다. 이 세상에 태어나 참되게 바르게 살아 이 나라와 이 겨레와 나아가 이 세계에 유익한 일을 하다가 가는 사람이 되어야 하지 않겠습니까? 나라와 겨레를 위하는 애국심, 애국심도 따지고 보면 신앙심이 바탕이 되어야 비로소 우러나오는 것이므로 하나님을 믿고 의지하여 기도하는 사람이 됩시다.(뒷줄임)" 이것은 채혜수 애국지사가 남긴 말이다. 독실한 기독교인으로 일제강점기에는 애국심으로 해방 뒤에는 신앙심으로 순결한 삶을 살다 생을 마감했다.

정부는 고인의 공훈을 기려 2008년에 대통령 표창을 추서하였다.

남편은 소설가 늘봄 전영택 선생

다시 한 칼이, 내 가슴에
원수 왕의 충신되란 맹세라니
이 맹세 내 붓으로 써 펴내라니
아프구나 이 칼이 더 아프구나

몇 십 년 아낀 내 붓 들어
이 글을 쓰단말가
꺾어라, 꺾어라, 내 혼도 꺾이누나.

늘봄 전영택 (田榮澤, 1894. 1.18 ~ 1968. 1.16) 선생은 원수 왜인을 위해 글을 쓸 수 없어 〈벽서〉 라는 시를 쓰고 붓을 꺾었다. 목사이자 시인이요, 소설가인 전영택 선생은 1944년 신리교회에서 배일 설교로 평양감옥에 수감되었다가 출옥한 뒤에는 설자리조차 없어 대성산 밑에 빈 집을 보금자리로 삼아 7남매와 같이 풀뿌리로 연명하며 8 · 15 해방을 맞았다.

늘봄 선생은 평양에서 태어나 평양 대성중학을 거쳐 일본 아오야마 학원 문학부와 신학부를 졸업하고, 미국 캘리포니아 주 퍼시픽 신학교(태평양 신학교)에서 공부하였다. 1918년 김동인 · 주요한과 함께 한민족 최초의 문학 동인지 《창조》를 창간하였으며, 1935년 기독교 잡지 《새 사람》을 발행하였다.

광복 뒤 조선 민주당 · 문교부 편수국장 등을 지냈으며 중앙신학교(강남대학교) · 감리교 신학대학교 교수 · 국립 맹아학교 교장 · 기독신문 주간 · 《신생명》 주필 · 기독교 문학인 클럽 회장을 지냈다. 한국 전쟁 이후에는 소설 발표보다 목회자로 주력 활동을 했으며, 1961년 한국 문인협회 초대 이사장에 취임하였다. 1963년 대한민국 문화 포상 대통령상을 받았다.

작품으로는 단편 〈화수분〉이 유명하며 지은 책은『하늘을 바라보는 여인』,『어머니가 그리워』 등이 있으며 특히 우리나라 최초의 유관순 전기인『순국처녀 유관순전』을 1948년에 펴냈다.

비밀결사로 임시정부 군자금 댄
최갑순

동양의 진주 상해의 불빛 반짝이지만
가진 돈 없는 독립군 마음은 쓸쓸 할뿐

군자금 넉넉하면
독립투쟁도 한결 쉬울 일
빈털터리 금고엔 쥐만 들끓네

상해 뒷골목 배추시래기 주워
독립군 주린 배 채운다는 소식 듣고

임이 이끈 혈성단애국부인회
앞장서 군자금 모았네

광복의 탄탄한 돌 쌓던
금강석 같은 임의 마음
겨레여 새겨나두세

최갑순(崔甲順, 1898. 5.11~ 1990.12.22)

함남 정평 출신으로 독립운동가 송세호와 결혼하여 대한민국 청년외교단(大韓民國靑年外交團)의 지도를 받아 1919년 4월 김원경·김희열·김희옥 등과 함께 비밀결사 대조선독립애국부인회(大朝鮮獨立愛國婦人會)를 조직하고 부회장에 선임되어 활동을 이끌었다.

이 모임은 항일민족의식을 높이고 독립운동자금을 모집하여 상해 임시정부를 지원하는 활동을 폈다. 그러던 가운데 대한민국청년외교단 총무 이병철의 주선으로 이해 6월 오현주·오현관·이정숙 등이 주도·조직한 혈성단애국부인회(血誠團愛國婦人會)와 통합하여 대한민국애국부인회(大韓民國愛國婦人會)를 결성하였다.

이때 총재는 오현관, 회장은 오현주가 맡았으며 최갑순 애국지사는 부회장에 선임되었다. 이 모임은 이후 기독교회·학교·병원 등을 이용해 조직을 전국적으로 확대하면서 회원들의 회비와 수예품 판매를 통해 독립운동 자금을 모아 임시정부를 지원하였다.

1919년 9월 김마리아·황애시덕을 중심으로 결사부(決死部)·적십자부(赤十字部)를 신설하는 등 항일독립전쟁에 대비한 체제로 조직을 전환하고 본부와 지부를 통해 임시정부 국내 연통과 대한적십자회, 대한총지부의 활동을 대행하였다.

또한 독립운동자금 모집에 힘써 6천원의 군자금을 임시정부에 보냈다. 이후 그는 신간회(新幹會)의 자매단체로서 1927년 결성된 근우회(槿友會)에 가입하여 활동하였으며 1930년 12월 18일 근우회 중앙위원 확대회의에서 중앙집행위원으로 뽑혀 여성의 지위 향상과 항일독립운동에 힘썼다.

정부에서는 고인의 공훈을 기려 1990년에 건국훈장 애족장(1980년 대통령표창)을 추서하였다.

더보기

남편 송세호 선생도 독립운동가

송세호 (宋世浩, 1893. 8.29 ~ 1970. 6.13)애국지사는 경상북도 선산사람으로 일찍이 상해로 망명하여, 1919년 3·1독립운동이 일어나자 대한민국임시정부 수립에 참여하였다. 4월 13일 임시정부 의정원 강원도 대표 의원에 뽑혀 의정활동을 하는 한편 임정 재무부 재무위원에 임명되었다.

그는 본래 강원도 오대산의 월정사 스님으로 임시정부의 군자금을 조달하기 위하여 승려 복장으로 검색을 피해서 자주 국내를 오갔다. 5월에는 조용주·연병호 등과 대한민국외교청년단을 조직하고 동지규합, 자금 확보, 임시정부 지원 등의 목적을 수행하였으며 그는 상해지부장에 선출되어 활동하였다.

또한 그는 대동단의 전 협(全協)과 연락하고 서울에 와서 의친왕 이강공(義親王 李堈公)을 상해로 탈출시켜 임시정부에 참여시킬 계획을 추진하였다. 1919년 11월 그는 선발대로 정남용과 같이 평양으로 출발하였는데 의친왕의 행방불명을 보고 받은 일경이 총동원되어 기차 등을 수색한 결과 안동에서 일행을 체포하였다.

이때 그도 동지들과 함께 체포되었으며, 1920년 6월 29일 경성지방법원에서 징역 3년형을 받고 옥고를 치르다가, 옥중에서 병을 얻어 1922년 12월에 병보석으로 가출옥하였다. 그는 출옥 뒤에도 한

용운을 쫓아 불교를 통한 자주독립정신의 고취에 전념하다가 1926년 6월에 낙원동에서 다시 왜경에 잡히는 등 고초를 겪었다.

그 뒤 국내에서 활동이 어렵게 된 그는 1931년 6월 다시 상해로 건너 가 연초공장을 경영하면서 크게 성장하여 임시정부에 군자금을 제공하기도 했다. 광복 뒤 귀국하지 못하고 상해에 잔류하였다가 고국 땅을 밟지 못하고 중국에서 숨졌다.

정부에서는 고인의 공훈을 기려 1991년에 건국훈장 애국장(1963년 대통령표창)을 추서하였다.

부록 1

이달의 독립운동가

1992년 1월 1일부터 ~ 2015년 12월까지

연도	1월	2월	3월	4월	5월	6월	7월	8월	9월	10월	11월	12월
1992	김상옥	편강렬	손병희	윤봉길	이상룡	지청천	이상재	서 일	신규식	이봉창	이회영	나석주
1993	최익현	조만식	황병길	노백린	조명하	윤세주	나 철	**남자현**	이인영	이장녕	정인보	오동진
1994	이원록	임병찬	한용운	양기탁	신팔균	백정기	이 준	양세봉	안 무	조성환	김학규	남궁억
1995	김지섭	최팔용	이종일	민필호	이진무	장진홍	전수용	김 구	차이석	이강년	이진룡	조병세
1996	송종익	신채호	신석구	서재필	신익희	유일한	김하락	박상진	홍 진	정인승	전명운	정이형
1997	노응규	양기하	박준승	송병조	김창숙	**김순애**	김영란	박승환	이남규	김약연	정태진	남정각
1998	신언준	민긍호	백용성	황병학	김인전	이원태	**김마리아**	안희제	장도빈	홍범도	신돌석	이윤재
1999	이의준	송계백	**유관순**	박은식	이범석	이은찬	주시경	김홍일	양우조	안중근	강우규	김동식
2000	유인석	노태준	김병조	이동녕	양진여	이종건	김한종	홍범식	오성술	이범윤	장태수	김규식
2001	기삼연	윤세복	이승훈	유 림	안규홍	나창헌	김승학	**정정화**	심 훈	유 근	민영환	이재명
2002	곽재기	한 훈	이필주	김 혁	송학선	민종식	안재홍	남상덕	고이허	고광순	신 숙	장건상
2003	김 호	김중건	유여대	이시영	문일평	김경천	채기중	**권기옥**	김태원	기산도	오강표	최양옥
2004	허 위	김병로	오세창	이 강	**이애라**	문양목	권인규	홍학순	최재형	조시원	장지연	오의선
2005	**최용신**	최석순	김복한	이동휘	한성수	김동삼	채응언	안창호	조소앙	김좌진	황 현	이상설
2006	유자명	이승희	신홍식	엄항섭	**박차정**	곽종석	강진원	박 열	현익철	김 철	송병선	이명하
2007	임치정	김광제/서상돈	권동진	손정도	**조신성**	이위종	구춘선	정환직	박시창	권득수	주기철	윤동주
2008	양한묵	문태수	장인환	김성숙	박재혁	김원식	안공근	유동열	**윤희순**	유동하	남상목	박동완
2009	우재룡	김도연	홍병기	윤기섭	양근환	윤병구	**박자혜**	박찬익	이종희	안명근	장석천	계봉우
2010	방한민	김상덕	차희식	염온동	**오광심**	김익상	이광민	이중언	권 준	최현배	심남일	백일규
2011	신현구	강기동	이종훈	조완구	**어윤희**	조병준	홍 언	이범진	나태섭	김규식	문석봉	김종진
2012	이 갑	김석진	홍원식	김대지	**지복영**	김법린	여 준	이만도	김동수	이희승	이석용	현정권
2013	이민화	한상렬	양전백	김붕준	**차경신**	김원국/김원범	헐버트	강영소	황학수	이성구	노병대	원심창
2014	김도현	구연영	전덕기	연병호	**방순희**	백초월	최중호	베 델	나월환	한 징	이경채	오면직
2015	황상규	이수흥	박인호	조지루이스쇼	**안경신**	류인식	송헌주	연기우	이준식	이 탁	이 설	문창범

*굵은 글씨는 여성
*국가보훈처가 1992년부터 해마다 12명 이상을 월별로 선정한 것을 지은이가 정리함

부록 2
여성 서훈자 246명 독립운동가
(2014년 12월 31일 현재)

이름	한자	태어난날	숨진날	유공자인정받은날	훈격	독립운동계열
★강원신	康元信	1887년	1977년	1995	애족장	미주방면
강주룡	姜周龍	1901년	1932. 6.13	2007	애족장	국내항일
강혜원	康惠園	1885.12.21	1982. 5.31	1995	애국장	미주방면
★고수복	高壽福	(1911년)	1933.7.28	2010	애족장	국내항일
고수선	高守善	1898. 8. 8	1989.8.11	1990	애족장	임시정부
고순례	高順禮	1930:19세	모름	1995	건국포장	학생운동
공백순	孔佰順	1919. 2. 4	1998.10.27	1998	건국포장	미주방면
★곽낙원	郭樂園	1859. 2.26	1939. 4.26	1992	애국장	중국방면
곽희주	郭喜主	1902.10.2	모름	2012	대통령표창	학생운동
구순화	具順和	1896. 7.10	1989. 7.31	1990	애족장	3.1운동
★권기옥	權基玉	1901. 1.11	1988.4.19	1977	독립장	중국방면
★권애라	權愛羅	1897. 2. 2	1973. 9.26	1990	애국장	3.1운동
김경희	金慶喜	1919:31세	1919. 9.19	1995	애국장	국내항일
★김공순	金恭順	1901. 8. 5	1988. 2. 4	1995	대통령표창	3.1운동
☆김귀남	金貴南	1904.11.17	1990. 1.13	1995	대통령표창	학생운동
김귀선	金貴先	1923.12.19	2005.1.26	1993	건국포장	학생운동
김금연	金錦연	1911.8.16	2000.11.4	1995	건국포장	학생운동
★김나열	金羅烈	1907.4.16	모름	2012	대통령표창	학생운동
김나현	金羅賢	1902.3.23	1989.5.11	2005	대통령표창	3.1운동
김덕세	金德世	1894.12.28	1977.5.5	2014	대총령표창	미주방면
김덕순	金德順	1901.8.8	1984.6.9	2008	대통령표창	3.1운동
김독실	金篤實	1897. 9.24	모름	2007	대통령표창	3.1운동
★김두석	金斗石	1915.11.17	2004.1.7	1990	애족장	문화운동
★김락	金洛	1863. 1.21	1929. 2.12	2001	애족장	3.1운동
김마리아	金마利亞	1903.9.5	모름	1990	애국장	만주방면
★김마리아	金瑪利亞	1892.6.18	1944.3.13	1962	독립장	국내항일
김반수	金班守	1904. 9.19	2001.12.22	1992	대통령표창	3.1운동
김봉식	金鳳植	1915.10. 9	1969. 4.23	1990	애족장	광복군
김성일	金聖日	1898.2.17	(1961년)	2010	대통령표창	3.1운동
★김숙경	金淑卿	1886. 6.20	1930. 7.27	1995	애족장	만주방면
김숙영	金淑英	1920. 5.22	2005.12.13	1990	애족장	광복군
김순도	金順道	1921:21세	1928년	1995	애족장	중국방면

이름	한자	태어난날	숨진날	유공자인정받은 날	훈격	독립운동계열
★김순애	金淳愛	1889. 5.12	1976. 5.17	1977	독립장	임시정부
김순이	金順伊	1903.7.18	모름	2014	애국장	3.1운동
김신희	金信熙	1899.4.16	1993.4.23	2010	대통령표창	3.1운동
김씨	金氏	1899년	1919. 4.15	1991	애족장	3.1운동
★김씨	金氏	모름	1919. 4.15	1991	애족장	3.1운동
김안순	金安淳	1900.3.24	1979.4.4	2011	대통령표창	3.1운동
☆김알렉산드라	金알렉산드라	1885.2.22	1918.9.16	2009	애국장	노령방면
김애련	金愛蓮	1902. 8.30	1996.11.5	1992	대통령표창	3.1운동
☆김영순	金英順	1892.12.17	1986.3.17	1990	애족장	국내항일
☆김옥련	金玉連	1907. 9. 2	2005.9.4	2003	건국포장	국내항일
김옥선	金玉仙	1923.12. 7	1996.4.25	1995	애족장	광복군
김옥실	金玉實	1906.11.18	1926.6.2	2012	대통령표창	학생운동
☆김온순	金溫順	1898	1968.1.31	1990	애족장	만주방면
김원경	金元慶	1898	1981.11.23	1963	대통령표창	임시정부
김윤경	金允經	1911. 6.23	1945.10.10	1990	애족장	임시정부
★김응수	金應守	1901. 1.21	1979. 8.18	1995	대통령표창	3.1운동
☆김인애	金仁愛	1898.3.6	1970.11.20	2009	대통령표창	3.1운동
김자혜	金慈惠	1884.9.22	1961.11.22	2014	건국포장	미주방면
★김점순	金点順	1861. 4.28	1941. 4.30	1995	대통령표창	국내항일
김정숙	金貞淑	1916. 1.25	2012.7.4	1990	애국장	광복군
김정옥	金貞玉	1920. 5. 2	1997.6.7	1995	애족장	광복군
★김조이	金祚伊	1904.7.5	모름	2008	건국포장	국내항일
김종진	金鍾振	1903. 1.13	1962. 3.11	2001	애족장	3.1운동
김치현	金致鉉	1897.10.10	1942.10. 9	2002	애족장	국내항일
김태복	金泰福	1886년	1933.11.24	2010	건국포장	국내항일
☆김필수	金必壽	1905.4.21	(1972.11.23)	2010	애족장	국내항일
★김향화	金香花	1897.7.16	모름	2009	대통령표창	3.1운동
★김현경	金賢敬	1897. 6.20	1986.8.15	1998	건국포장	3.1운동
김홍식	金弘植	1908.4.19	모름	2014	애족장	국내항일
★김효숙	金孝淑	1915. 2.11	2003.3.24	1990	애국장	광복군
나은주	羅恩周	1890. 2.17	1978. 1. 4	1990	애족장	3.1운동
★남자현	南慈賢	1872.12.7	1933.8.22	1962	대통령장	만주방면
★노순경	盧順敬	1902.11.10	1979. 3. 5	1995	대통령표창	3.1운동
★노영재	盧英哉	1895. 7.10	1991.11.10	1990	애국장	중국방면
노예달	盧禮達	1900.10.12	모름	2014	대통령표창	3.1운동
★동풍신	董豊信	1904	1921	1991	애국장	3.1운동
문복금	文卜今	1905.12.13	1937. 5.22	1993	건국포장	학생운동
문응순	文應淳	1900.12.4	모름	2010	건국포장	3.1운동

이름	한자	태어난날	숨진날	유공자인정받은 날	훈격	독립운동계열
★문재민	文載敏	1903. 7.14	1925.12.	1998	애족장	3.1운동
민영숙	閔泳淑	1920.12.27	1989.03.17	1990	애국장	광복군
민영주	閔泳珠	1923.8.15	생존	1990	애국장	광복군
민옥금	閔玉錦	1905. 9. 5	1988.12.25	1990	애족장	3.1운동
박계남	朴繼男	1910. 4.25	1980. 4.27	1993	건국포장	학생운동
박금녀	朴金女	1926.10.21	1992.7.28	1990	애국장	광복군
박기은	朴基恩	1925. 6.15	모름	1990	애족장	광복군
박복술	朴福述	1903.8.30	모름	2012	대통령표창	학생운동
박순애	朴順愛	1900.2.2	모름	2014	대통령표창	3.1운동
박승일	朴昇一	1896.9.19	모름	2013	애족장	국내항일
박신애	朴信愛	1889. 6.21	1979. 4.27	1997	애족장	미주방면
☆박신원	朴信元	1872년	1946. 5.21	1997	건국포장	만주방면
★박애순	朴愛順	1896.12.23	1969. 6.12	1990	애족장	3.1운동
★박옥련	朴玉連	1914.12.12	2004.11.21	1990	애족장	학생운동
박우말례	朴又末禮	1902. 3.13	1986.12.7	2011	대통령표창	3.1운동
박원경	朴源炅	1901.8.19	1983.8.5	2008	애족장	3.1운동
★박원희	朴元熙	1898.3.10	1928.1.5	2000	애족장	국내항일
박음전	朴陰田	1907.4.14	모름	2012	대통령표창	학생운동
박자선	朴慈善	1880.10.27	모름	2010	애족장	3.1운동
★박자혜	朴慈惠	1895.12.11	1944.10.16	1990	애족장	국내항일
박재복	朴在福	1918.1.28	1998.7.18	2006	애족장	국내항일
☆박정선	朴貞善	1874	모름	2007	애족장	국내항일
★박차정	朴次貞	1910. 5. 7	1944. 5.27	1995	독립장	중국방면
박치은	朴致恩	1886. 6.17	1954.12. 4	1990	애족장	국내항일
★박현숙	朴賢淑	1896	1980.12.31	1990	애국장	국내항일
박현숙	朴賢淑	1914.3.28	1981.1.23	1990	애족장	학생운동
★방순희	方順熙	1904.1.30	1979.5.4	1963	독립장	임시정부
백신영	白信永	모름	모름	1990	애족장	국내항일
백옥순	白玉順	1911. 7. 3	2008.5.24	1990	애족장	광복군
부덕량	夫德良	1911.11.5	1939.10.4	2005	건국포장	국내항일
★부춘화	夫春花	1908. 4. 6	1995. 2.24	2003	건국포장	국내항일
송미령	宋美齡	1899	2003	1966	대한민국장	임시정부지원
송수은	宋受恩	1882	모름	2013	대통령표창	국내항일
송영집	宋永潗	1910. 4. 1	1984.5.14	1990	애국장	광복군
송정헌	宋靜軒	1919.1.28	2010.3.22	1990	애족장	중국방면
신경애	申敬愛	1907.9.22	1964.5.13	2008	건국포장	국내항일
신관빈	申寬彬	1885.10.4	모름	2011	애족장	3.1운동
신분금	申分今	1886.5.21	모름	2007	대통령표창	3.1운동

이름	한자	태어난날	숨진날	유공자인정받은 날	훈격	독립운동계열
신순호	申順浩	1922. 1.22	2009.7.30	1990	애국장	광복군
★신의경	辛義敬	1898. 2.21	1997.8.11	1990	애족장	국내항일
신정균	申貞均	1899년	1931.7월	2007	건국포장	국내항일
★신정숙	申貞淑	1910. 5.12	1997.7.8	1990	애국장	광복군
★신정완	申貞婉	1917. 3. 6	2001.4.29	1990	애국장	임시정부
신특실	申特實	1900.3.17	모름	2014	건국포장	3.1운동
심계월	沈桂月	1916.1.6	모름	2010	애족장	국내항일
심순의	沈順義	1903.11.13	모름	1992	대통령표창	3.1운동
심영식	沈永植	1896. 7.15	1983.11. 7	1990	애족장	3.1운동
심영신	沈永信	1882. 7.20	1975. 2.16	1997	애국장	미주방면
★안경신	安敬信	1877	모름	1962	독립장	만주방면
안애자	安愛慈	(1869년)	모름	2006	애족장	국내항일
안영희	安英姬	1925. 1. 4	1999.8.27	1990	애국장	광복군
안정석	安貞錫	1883.9.13	미상	1990	애족장	국내항일
☆양방매	梁芳梅	1890.8.18	1986.11.15	2005	건국포장	의병
양진실	梁眞實	1875년	1924.5월	2012	애족장	국내항일
★어윤희	魚允姬	1880. 6.20	1961.11.18	1995	애족장	3.1운동
엄기선	嚴基善	1929. 1.21	2002.12.9	1993	건국포장	중국방면
★연미당	延薇堂	1908. 7.15	1981. 1. 1	1990	애국장	중국방면
★오광심	吳光心	1910. 3.15	1976. 4. 7	1977	독립장	광복군
오신도	吳信道	(1857년)	(1933.9.5)	2006	애족장	국내항일
★오정화	吳貞嬅	1899. 1.25	1974.11. 1	2001	대통령표창	3.1운동
오항선	吳恒善	1910.10. 3	2006.8.5	1990	애국장	만주방면
★오희영	吳姬英	1924.4.23	1969.2.17	1990	애족장	광복군
★오희옥	吳姬玉	1926. 5. 7	생존	1990	애족장	중국방면
☆옥운경	王雲瓊	1904.6.24	모름	2010	대통령표창	3.1운동
왕경애	王敬愛	(1863년)	모름	2006	대통령표창	3.1운동
☆유관순	柳寬順	1902.11.17	1920.10.12	1962	독립장	3.1운동
유순희	劉順姬	1926. 7.15	생존	1995	애족장	광복군
유예도	柳禮道	1896. 8.15	1989.3.25	1990	애족장	3.1운동
유인경	俞仁卿	1896.10.20	1944.3.2	1990	애족장	국내항일
유점선	劉點善	1903.11.5	모름	2014	대통령표창	3.1운동
윤경열	尹敬烈	1918.2.28	1980.2.7	1982	대통령표창	광복군
윤선녀	尹仙女	1911. 4.18	1994.12.6	1990	애족장	국내항일
윤악이	尹岳伊	1897.4.17	1962.2.26	2007	대통령표창	3.1운동
윤천녀	尹天女	1908. 5.29	1967. 6.25	1990	애족장	학생운동
윤형숙	尹亨淑	1900.9.13	1950. 9.28	2004	건국포장	3.1운동
★윤희순	尹熙順	1860	1935. 8. 1	1990	애족장	의병

이름	한자	태어난날	숨진날	유공자인정받은 날	훈격	독립운동계열
★이광춘	李光春	1914.9.8	2010.4.12	1996	건국포장	학생운동
이국영	李國英	1921. 1.25	1956. 2. 2	1990	애족장	임시정부
이금복	李今福	1912.11.8	2010.4.25	2008	대통령표창	국내항일
이남순	李南順	1904.12.30	모름	2012	대통령표창	학생운동
★이명시	李明施	1902.2.2	1974.7.7	2010	대통령표창	3.1운동
이벽도	李碧桃	1903.10.14	모름	2010	대통령표창	3.1운동
★이병희	李丙禧	1918.1.14	2012.8.2	1996	애족장	국내항일
이살눔	李살눔	1886. 8. 7	1948. 8.13	1992	대통령표창	3.1운동
★이석담	李石潭	1859	1930. 5.26	1991	애족장	국내항일
★이선경	李善卿	1902.5.25	1921.4.21	2012	애국장	국내항일
이성완	李誠完	1900.12.10	모름	1990	애족장	국내항일
이소선	李小先	1900.9.9	모름	2008	대통령표창	3.1운동
이소제	李少悌	1875.11. 7	1919. 4. 1	1991	애국장	3.1운동
이순승	李順承	1902.11.12	1994.1.15	1990	애족장	중국방면
★이신애	李信愛	1891	1982.9.27	1963	독립장	국내항일
이아수	李娥洙	1898. 7.16	1968. 9.11	2005	대통령표창	3.1운동
★이애라	李愛羅	1894	1922.9.4	1962	독립장	만주방면
이옥진	李玉珍	1923.10.18	모름	1968	대통령표창	광복군
☆이의순	李義橓	1895	1945. 5. 8	1995	애국장	중국방면
이인순	李仁橓	1893년	1919.11월	1995	애족장	만주방면
이정숙	李貞淑	1898	1950.7.22	1990	애족장	국내항일
이혜경	李惠卿	1889	1968.2.10	1990	애족장	국내항일
☆이혜련	李惠鍊	1884.4.21	1969.4.21	2008	애족장	미주방면
☆이혜수	李惠受	1891. 1. 2	1961. 2. 7	1990	애국장	의열투쟁
☆이화숙	李華淑	1893년	1978년	1995	애족장	임시정부
이효덕	李孝德	1895.1.24	1978.9.15	1992	대통령표창	3.1운동
★이효정	李孝貞	1913.7.18	2010.8.14	2006	건국포장	국내항일
이희경	李희경	1894. 1. 8	1947. 6.26	2002	건국포장	미주방면
임경애	林敬愛	1911.3.10	2004.2.12	2014	대통령표창	학생운동
★임명애	林明愛	1886.3.25	1938.8.28	1990	애족장	3.1운동
★임봉선	林鳳善	1897.10.10	1923. 2.10	1990	애족장	3.1운동
임소녀	林少女	1908. 9.24	1971.7.9	1990	애족장	광복군
장경례	張慶禮	1913. 4. 6	1998.2.19	1990	애족장	학생운동
장경숙	張京淑	1903. 5.13	모름	1990	애족장	광복군
☆장매성	張梅性	1911	1993.12.14	1990	애족장	학생운동
장선희	張善禧	1894. 2.19	1970. 8.28	1990	애족장	국내항일
전수산	田壽山	1894. 5.23	1969. 6.19	2002	건국포장	미주방면
★전월순	全月順	1923. 2. 6	2009.5.25	1990	애족장	광복군

이름	한자	태어난날	숨진날	유공자인정받은 날	훈격	독립운동계열
☆전창신	全昌信	1900. 1.24	1985. 3.15	1992	대통령표창	3.1운동
전흥순	田興順	모름	모름	1963	대통령표창	광복군
정막래	丁莫來	1899.9.8	1976.12.24	2008	대통령표창	3.1운동
정영	鄭瑛	1922.10.11	2009.5.24	1990	애족장	중국방면
정영순	鄭英淳	1921. 9.15	2002.12.9	1990	애족장	광복군
★정정화	鄭靖和	1900. 8. 3	1991.11.2	1990	애족장	중국방면
정찬성	鄭燦成	1886. 4.23	1951. 7.	1995	애족장	국내항일
★정현숙	鄭賢淑	1900. 3.13	1992. 8. 3	1995	애족장	중국방면
★조계림	趙桂林	1925.10.10	1965. 7.14	1996	애족장	임시정부
★조마리아	趙마리아	모름	1927.7.15	2008	애족장	중국방면
조순옥	趙順玉	1923. 9.17	1973. 4.23	1990	애국장	광복군
★조신성	趙信聖	1873	1953. 5. 5	1991	애국장	국내항일
조애실	趙愛實	1920.11.17	1998.1.7	1990	애족장	국내항일
조옥희	曺玉姬	1901. 3.15	1971.11.30	2003	대통령표창	3.1운동
조용제	趙鏞濟	1898. 9.14	1948. 3.10	1990	애족장	중국방면
조인애	曺仁愛	1883.11. 6	1961. 8. 1	1992	대통령표창	3.1운동
조충성	曺忠誠	1896.5.29	1981.10.25	2005	대통령표창	3.1운동
★조화벽	趙和璧	1895.10.17	1975. 9. 3	1990	애족장	3.1운동
★주세죽	朱世竹	1899.6.7	(1950년)	2007	애족장	국내항일
주순이	朱順伊	1900.6.17	1975.4.5	2009	대통령표창	국내항일
주유금	朱有今	1905.5.6	모름	2012	대통령표창	학생운동
★지복영	池復榮	1920. 4.11	2007.4.18	1990	애국장	광복군
진신애	陳信愛	1900. 7. 3	1930. 2.23	1990	애족장	3.1운동
★차경신	車敬信	모름	1978.9.28	1993	애국장	만주방면
★차미리사	車美理士	1880. 8.21	1955. 6. 1	2002	애족장	국내항일
☆채애요라(채혜수)	蔡愛堯羅	1897.11.9	1978.12.17	2008	대통령표창	3.1운동
☆최갑순	崔甲順	1898. 5.11	1990.11.22	1990	애족장	국내항일
최금봉	崔錦鳳	1896. 5. 6	1983.11.7	1990	애국장	국내항일
최봉선	崔鳳善	1904. 8.10	1996.3.8	1992	애족장	국내항일
최서경	崔曙卿	1902. 3.20	1955. 7.16	1995	애족장	임시정부
★최선화	崔善嬅	1911. 6.20	2003.4.19	1991	애국장	임시정부
최수향	崔秀香	1903. 1.27	1984. 7.25	1990	애족장	3.1운동
최순덕	崔順德	1920;23세	1926. 8.25	1995	애족장	국내항일
최예근	崔禮根	1924. 8.17	2011.10.5	1990	애족장	만주방면
최요한나	崔堯漢羅	1900.8.3	1950.8.6	1999	대통령표창	3.1운동
★최용신	崔容信	1909. 8.	1935. 1.23	1995	애족장	국내항일
★최은희	崔恩喜	1904.11.21	1984. 8.17	1992	애족장	3.1운동
최이옥	崔伊玉	1926. 6.16	1990.7.12	1990	애족장	광복군

이름	한자	태어난날	숨진날	유공자인정받은 날	훈격	독립운동계열
★최정숙	崔貞淑	1902. 2.10	1977. 2.22	1993	대통령표창	3.1운동
최정철	崔貞徹	1853. 6.26	1919.4.1	1995	애국장	3.1운동
★최형록	崔亨祿	1895. 2.20	1968. 2.18	1996	애족장	임시정부
★최혜순	崔惠淳	1900.9.2	1976.1.16	2010	애족장	임시정부
★하란사	河蘭史	1875년	1919. 4.10	1995	애족장	국내항일
하영자	河永子	1903. 6.27	1993.10. 1	1996	대통령표창	3.1운동
★한영신	韓永信	1887. 7.22	1969.2.20	1995	애족장	국내항일
한영애	韓永愛	1920.9.9	모름	1990	애족장	광복군
★한이순	韓二順	1906.11.14	1980. 1.31	1990	애족장	3.1운동
함연춘	咸鍊春	1901.4.8	1974.5.25	2010	대통령표창	3.1운동
홍씨	韓鳳周 妻	모름	1919. 3. 3	2002	애국장	3.1운동
★홍애시덕	洪愛施德	1892. 3.20	1975.10.8	1990	애족장	국내항일
황보옥	黃寶玉	(1872년)	모름	2012	대통령표창	국내항일
★황애시덕	黃愛施德	1892. 4.19	1971. 8.24	1990	애국장	국내항일

* 이 표는 국가보훈처 공훈전자사료관의 독립유공자 자료를 참고로 글쓴이가 정리한 것임.
* ☆ 표시는 이번 〈5권〉에서 다룬 인물임
* ★ 표시는 《서간도에 들꽃 피다》〈1〉〈2〉〈3〉〈4〉권에서 다룬 인물임

한 해를 돌아보며

일본 도쿄에서
항일여성독립운동가 시화전을 열다

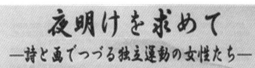

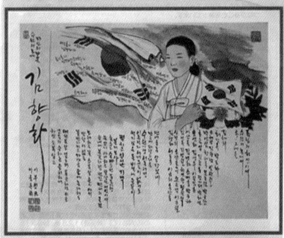

이무성 한국화가의 그림으로 시화전을 연 전단

2014년 1월 29일부터 3월 30일까지 60일 동안 도쿄 한복판에 있는 고려박물관에서 항일여성독립운동가 시화전이 열렸다. '여명을 찾아서(夜明けを求めて)'라는 제목으로 시(이윤옥 시)와 그림(이무성 한국화가) 30점을 전시했으며 3월 8일에는 일본인 170여 명이 모인 자리에서 필자가 여성독립운동가에 대한 특강을 했다.

항일여성독립운동가에 대한 일본 최초의 강연을 듣고 시화전을 본 일본의 양심있는 시민들은 "부끄러운 일본의 역사"에 고개를 수그렸으며 일본시민이 만든 고려박물관 이사장인 하라다쿄오코 씨는 "한국민에게 깊이 사죄하는 심정으로 전시회를 기획했다"고 했다. 항일여성독립운동가 시화전과 강연에 대한 국내외의 뜨거운 반응이 있었으며 많은 언론보도와 YTN TV (2014.5.31,과거사 반성의 장 고려박물관이란 제목으로 방송)보도 등 깊은 관심을 보였다.

또한 2014년 10월 17일에는 도쿄 쵸후시(調布市)에서 "식민지시대의 독립운동과 여성들"이라는 특강을 가졌으며, 10월 18일에는 〈부인통신〉 독자들에게 항일여성독립운동가에 대한 특강을 통해 한국 여성의 불굴의 의지를 전했다.

호주에서 항일여성독립운동가 시화전과
시 영역대회 열리다

2014년 11월 5일부터 20일까지 호주시드니 한국문화원에서 광복회 호주지회(황명하 회장) 주최로 제75주년 순국선열의 날(11.17)을 맞아 "항일여성독립운동가 시화전"을 열었으며 여성독립운동가를 기리는 책 인 필자의 『서간도에 들꽃 피다』에 나오는 41분의 여성독립운동가를 영어로 번역하여 『FLOWERING LIBERATION -41 Women Devoted to Korean Independence』라는 책으로 펴냈다. "시 영역 대회"에 참가한 학생들은 41명의 호주 동포들의 자녀로 항일여성독립운동가들의 뜨거운 나라사랑 정신을 배우는 계기가 되었다고 입을 모았다. "시 영역 대회"에 참가했던 학생들의 작품 몇 편을 싣는다.

《서간도에 들꽃 피다》를 읽고

인서경 (Henry Kendall High School, Year 10)

《서간도에 들꽃 피다》는 전 4권으로 이루어졌으며 항일여성독립운동가를 다룬 이윤옥 시인의 시집이다. 시만이 아니라 독립운동가분들의 역사와 관련된 자료들을 정리하여 짧지만 알차게 소개하고 있다. 한국인으로서 한국의 역사에 관심이 있고 대일항쟁기 때의 삶에 대하여, 여성독립운동가에 대하여 알고자 한다면 이 시집은 꼭 읽어야 한다.

이 시집을 읽으면서 정말 많은 감정들을 느낄 수 있었다. 때와 장소를 가리지 않고 시를 읽으며 울컥하면서도 감탄하고 또 답답했다. 무엇보다도 일제강점기 때 여자의 몸으로 독립운동을 했다는 사실이 놀라웠다. 그분들께서 이루신 일들은 정말 감탄할만한 일들이다. 임신한 몸으로 폭탄을 투척하고, 삼엄한 일본군 경비 아래서도 꿋꿋이 아이들에게 조선의 역사와 한글을 가르치고, 열 여섯밖에 안 되는 어린 나이에도 만세운동을 벌이다 잡혀 감옥을 들락날락하면서도 절대 굴하지 않으시던 여성독립운동가들. 그분들의 숭고한 희생에 정말 감사한 마음을 갖게 되었다. 또한 일제탄압 아래서 조국을 위해 만세를 부르다 감옥에 갇혀 모진 고문을 받으셨을 생각에 가슴이 죄어왔다.

익숙한 지역 이름들, 내 또래 나이, 친숙한 이름들 덕분에 상상이 쉽게 되었다. 당시 여성독립운동가들 가운데는 내 나이 또래 분들도 계셨는데 학교 시험시간에 백지시험지를 내면서 독립만세를 외치며 형사들에게 잡혀 모진 고문을 받으셨을 거란 생각에 코 끝이 시큰거렸다. 또 아내로서, 남편과 수많은 독립군들을 뒷바라지하며 한편으로는 자녀 교육과 생계까지 이어나가야 하는 엄청나게 무거운 짐을 지고 사셨을 분들에 관한 시를 읽으면서 마음이 아팠다. 정말 여자의 몸으로 이루기 힘든 일들을 일제 치하에 굴하지 않고, 친일 하지 않고, 쉬운 길을 택하지 않은 님들의 애국심에 목이 메였다.

이윤옥 시인이 했던 말이 마음에 걸린다. 이분들에 대한 연구와 관심이 턱없이 부족하다는 것이다. 수많은 여성독립운동가분들이 언제 돌아가셨는지, 언제 태어나셨는지 조차 잘 알려지지 않았을 뿐 아니라 여성독립운동가로 서훈을 받은 분들도 고작 242명(2014.3.1) 밖에 안 되신다고 한다. 그리도 모질고 힘든 삶을 사신 분들이신데 나라에서는 그분들을 찾아내고 인정하는데 너무나도 오랜 시간이 걸리고 있는 것 같아 안타깝다. 여러 애국지사님들의 무덤을 찾아가는 길이 어려웠다는 시인의 말에 나도 같이 마음이 씁쓸해졌다. 나라를 위하여 귀한 몸 기꺼이 바치셨는데 정작 우리 후손들이 기억하는 여성독립운동가분들은 두 세분도 안 된다는 사실에 죄스러움과 아쉬움이 크다.

또 남북이 갈라짐으로 북으로 간 사람들은 인정받지 못하는 분들이 많이 계신다는 것도 알게 되었다. 분단 때문에, 이데올로기 때문에 갈라지게 된 분들은 이름조차 알려지지 않고 있다. 남편의 월북에 따라가지 못하고 손가락질 받으며 사신 분들도 계셨다. 북한에 관해서 부정적으로 생각을 많이 했지만 이제부터라도 독립운동을 한 분들이라도 기억해야겠다는 생각이 들었다. 그리고 힘들게 찾은 나라가 아직도 남북으로 갈라져있는 모습을 꾸짖는 시를 읽을 때는 죄송하고 답답했다. 나 같은 학생이 보기에도 문제가 너무 많은데 이 문제들을 어떻게 풀어야 할까? 같은 고민을 하게 해주었다.

역사적인 사실도 많이 배울 수 있었다. 이윤옥 시인은 〈더보기〉에서 인터뷰, 기사, 자서전 등의 다양한 자료들로 알려줌으로써 독립운동뿐만 아니라 그 시대에 대한 이해심을 키울 수 있었다. 높은 직위를 가진 분들뿐만이 아니라 평민과 낮은 직위를 가진 분들의 삶 또한 배울 수 있는 점이 좋았다. 또 시인께서 직접 이 모든 자료를 얻고자 몸소 생존하신 애국지사를 찾아 뵙는다든가, 돌아가신 분들의 무덤을 찾고 또한 독립운동이 펼쳐진 드넓은 중국 땅과 일본까지 드나들며 직접 현장을 찾아가신 노력에 감동받았다.

《서간도에 들꽃 피다》를 읽으며 가장 공감되는 말 가운데 하나는 "친일도 기억해야 하고 항일도 기억해야 하는 우리 겨레는 아무것도 기억하지 않고 현실의 쾌락과 미래의 발전과 행복만을 추구하는 다른 나라 사람들에 견주어 무거운 역사의 돌덩이를 지고 있는 것이 사실이다" 였다. 정말 우리는 기억해야 할 것이 많은데 이 시집을 읽으면서 애국심을 키우고 감사하는 마음을 길렀으면 한다. 무관심 속에서 벗어나 독립정신이 우리의 가슴속에 자리할 수 있도록 많은 사람들이 꼭 읽었으면 하는 시집이다.

여성독립운동가에게 드리는 글
자랑스러운 신의경 선생님께 !

민병찬 (Baulkham Hills High School, Year 8)

선생님 안녕하십니까?

저는 대한민국의 국민으로 태어나 지금은 부모님을 따라 대한민국의 반대쪽 호주 시드니에 살고 있는 버큼힐 하이스쿨 8학년 민병찬이라고 합니다.

선생님을 알게 된 것은 '순국선열의 날'을 기념하여 광복회 호주지회에서 마련한 《서간도에 들꽃 피다》를 교재로 한 시 영역 대회에 참가하게 된 것이 계기였습니다. 이번 시 영역 대회에 참가하여 추첨을 통해 제가 맡은 것이 바로 선생님께 드리는 시였습니다. 10여 년 전 부모님을 따라 이곳 호주에 오게 된 저는 책이나 TV 방송 또는 부모님을 통해서 우리나라가 일본에게 나라를 빼앗겨 36년이라는 기간 동안 나라 없는 국민으로 차별당하고 많은 고통을 받았다는 이야기는 어느 정도 알고 있었습니다. 그리고 빼앗긴 조국을 찾기 위해 여러 가지 방법과 노력으로 심지어는 소중한 목숨까지도 기꺼이 바치신 많은 독립지사분들이 계시다는 것도 일부 알고 있었지만 이렇게 선생님과 같은 여성독립운동가분들이 많이 계신지는 전혀 모르고 있었습니다.

신의경 선생님께 드리는 헌시를 영작하면서 다시 한 번 오늘날의 대한민국이 있게끔 목숨을 바치신 선생님을 포함한 여성독립운동가분들께 가슴 깊은 곳에서 존경심이 일었습니다.

선생님은 어렸을 적부터 몸도 약하셨고 또 아버님을 잃는 아픔까지 겪으시면서도 조국의 독립을 위해, 나라를 위해 뛰셨습니다. 그런 희생을 통해 다져지고 발전해온 나의 뿌리인 대한민국에 대한 자긍심을 가지고 생활해 나가자고 다짐해 봅니다.

대한민국이 아닌 호주에서 공부하고 어른이 될 저로서는 저의 뿌리인 조국의 자랑스런 역사와 우리 민족이 늘 함께 한다는 사실을 가슴속에 담아두고 훌륭한 Korean- Australian으로서 이 사회에 필요한 사람이 될 수 있도록 열심히 배우고 체험하며 항상 옳은 일을 생각하고 행동하는 사람이 되도록 노력하겠습니다.

더욱 발전하는 세계 속의 대한민국을 생각하며 바른 생각과 행동을 실천해 나가는 제가 되겠습니다.

지켜봐 주세요.

호주 시드니 버큼힐 하이스쿨 8학년 민병찬 올림

여성이 결코 약하지 않음을 보여주신
여성독립운동가들께!

이유진 (Cherrybrook Technology High School, Year 11)

저는 우선 훌륭한 일을 하신 여성독립운동가분들께 매우 감사하다는 말씀을 드리고 싶습니다. 그 당시 나이가 어린 분들도 계셨는데 쓰러져가는 조국을 위해 의미 있는 일을 하셨으며 이러한 일들은 다른 민족에게도 큰 자극을 주셨을 것입니다. 나라의 독립을 찾기 위해 목숨을 바치면서까지 독립운동을 하신 분들이 계신지도 모르고 저는 지금까지 그냥 살아 온 것이 부끄럽게 느껴졌습니다.

비록 처음에는 작은 마을에서 시작된 것일 수 있지만 이 여성분들이 함께 모여서 나라를 되찾기 위해 힘껏 싸웠다는 점이 제 마음을 뜨겁게 하고 눈물을 흘리게 합니다. 여자들은 다 약하고 힘없는 존재라는 인식을 한국의 여성독립운동가들이 확실히 깨트려 주었다고 생각합니다. 여성들도 남성들과 같이 독립을 위한 열정이 똑같다는 것을 이번 시 영역 대회를 통해 알게 되었습니다.
제가 번역한 노순경 애국지사에 대한 시 표현 가운데 "흰 가운 붉게 물들 때까지 맞서 싸우고 싶다"는 것이 제 마음에 와 닿았습니다. 그런 마음을 갖는다는 것이 쉬운 일이 아닐 텐데 많은 여성 독립운동가분들은 자기 목숨을 포기하고 피를 흘리면서도 앞으로 계속 전진했다는 것을 깨달았을 때 제 마음이 찢어질 정도로 아팠습니다.

더러는 포기하고 싶을 때도 있었겠지만 자기 하나가 포기하면 모든 게 무너진다는 것을 알기 때문에 끊임없는 고통도 다 참아내신 열정에 큰 감동을 받았습니다. 저도 커서 이런 상황과 부딪히게 된다면 선생님들을 기억하며 힘을 얻을 것입니다.

여성독립운동가분들이 우리 조국의 과거를 되찾아주셨음 같이 저도 지금의 다른 여성분들과 다같이 함께 미래를 이끌어나가고 싶습니다. 그런 어려움을 다시 겪게 된다면 저도 망설임 없이 제 조국과 동포를 위해 희생하며 맞시 싸울 것입니다. 그리하여 여성의 힘이 얼마나 세고 큰 영향을 미치게 된다는 것을 알리고 싶습니다.

조국의 여성독립운동가들의 눈물과 피와 땀이 저를 성장시켜 주었기에 이분들의 노력과 열정이 세계의 모든 사람들에게도 알려질 그날까지 응원하고 싶습니다.

항상 감사한 마음으로 뿌듯하게 살아가겠습니다.

호주에서 이유진 올림

여성독립운동가들의
아픔과 고통을 알게 된 귀중한 시간

강민주 (Manly Selective High School, Year 11)

"후회"

이번 대회에 참가하면서 느낀 감정이다. 하지만 결코 참가한 것에 대한 후회가 아니다. 대한민국 국민이면서 우리나라의 역사를 조금 더 일찍 알려고 하지 않은 것에 대한 후회다. 이번 대회는 나의 삶에 큰 가르침과 변화를 가져다 주었다. 시를 공부함으로써 우리나라의 소중한 역사를 더 깊게 생각하는 법을 배웠다. 여태껏 나는 나의 조국에 대해 너무 무관심했다는 생각이 든다. 솔직히 말하면 이번 대회에 참가하기 전까지 광복절이 무엇을 기념하는 것인지조차 알지 못했다. 지금 와서 생각해보면 부끄러울 따름이다.

나는 지금 일본이 과거에 우리에게 저지른 만행에 대해 사과를 받아낼 힘이 없다. 하지만 우리나라의 역사를 올바르게 알고 우리의 여성독립운동가들을 기억해야 한다는 사실에 대해서는 확고한 믿음이 생겼다. 우리의 기억 속에서 그분들이 지워지면, 그분들이 흘린 피와 눈물은 의미가 없는 일본인들의 웃음거리 만으로 끝날 것이다. 그분들은 자신의 목숨을 내놓고 미래를 버리면서까지 우리나라를, 우리의 미래를 지키셨다. 고작 15,16살 되는 가냘픈 소녀들이 무슨 힘이 있었겠는가? 오로지 나라를 사랑하는 마음으로 일본에게 저항했다. 태극기를 만들고, 만세를 부르며 고난과 고문을 당하면서도 끝까지 싸우셨다. 가족이 죽고, 친구가 죽고, 소중한 사람들을 잃으면서도 이분들은 멈추지 않았다. 오히려 이들의 죽음은 독립운동가들에겐 더욱 더 열심히 싸워야 하는 또 한 가지의 이유를 주었다.

얼마나 무서웠을까? 얼마나 아팠을까? 지금 호주라는 평화로운 외국 땅에서 전쟁과는 너무나도 멀리 사는 나는 아무리 노력해도 그분들의 고통과 아픔을 다 헤아리지 못할 것이다. 지금 내가 할 수 있는 것은 역사를 공부하고 그분들의 희생을 기억 하는 것, 바로 힘을 키우는 것이다. 이번 대회는 그럴 수 있는 기회를 주었고 믿음과 꿈을 심어 주었다.

나는 커서 대사관이나 UN에서 우리나라를 대표하여 일하고 싶다. 그렇게 되기 위해선 아직 배울 것이 많고 부족한 점도 많지만, 언젠가 세계 안에서 중심이 되는 힘 있는 대한민국을 만들고 싶다. 여성독립운동가들이 지켜주신 나의 미래를 그분들의 나라이며 나의 나라인 대한민국을 위해 살고 싶다. 이런 대회가 또다시 개최된다면 나는 앞장서서 지원할 것이다. 이번 대회는 나를 성장시키는 데 큰 도움을 주었고 후회는 꿈이 되었기 때문이다.

조국을 찾기 위해 땀 흘린 선열들께 감사 드리며

민윤지 (Sydney Girls High School, Year 10)

이번 시 영역 대회에 참여하여 배운 것은 단지 영어, 한글, 여성 독립운동가들의 활동 만은 아니라고 생각합니다. 제가 찾고 얻은 것은 저의 뿌리 그리고 내 나라에 대한 자부심이었습니다.

교육을 받으며 많이 생각하고 느낀 것 중에 제일 중요한 것이 한 가지 있습니다. 제가 한국이 아닌 다른 나라에서, 다양한 인종의 사람들과 어울리며, 영어를 쓰더라도, 내 나라의 뿌리를 모른다면 도대체 무슨 의미가 있을까? 하는 것입니다. 답은 간단합니다. 나라도 역사를 모르면 미래가 안보이듯이, 사람도 자기의 시작을 모른다면 앞의 길도 없다고 저는 생각합니다.

몸과 마음, 모두를 희생하시고 나라를 위해 나서신 분들은 정말로 위대하신 분들입니다. 그분들은 단지 자신들의 친척들과 친구들을 지켜낸 것이 아니라, 미래 세대까지 모두 지켜준 것입니다. 두려움과 걱정을 뒤로 한 채 용기를 내어주신 분들 가운데는 수 많은 여성독립운동가들이 계셨습니다. 하지만, 너무 오랫동안 이분들의 피와 땀이 존중되지 않고 있었습니다. 이번 프로젝트를 통해 저희는 이것을 바로 인식한 것입니다. 이분들이 하신 일들을 널리 알리고 우리 한인들이 기억해야 한다고 생각합니다.

3차 소집 교육에서 "우리가 이제 무엇을 해야 하나?" 라는 질문이 있었습니다. 독립운동에 힘을 보태신 분들은 거의 모두 평범한 시민들이었습니다. 그런 것처럼 비록 지금은 저희가 학생이라 힘이 없지만 독립운동가들께서 만들어주신 이 나라를 멋지게 발전시켜 나갈 수 있도록 노력하는 것이 저희의 본분이라고 생각합니다.
저한테 이번 프로젝트는 떨어져있는 대한민국을 조금이나마 저와
가까이 있게 해준 계기였습니다. 끝으로 이 모든 것을 가능하게 해
주신 분들께 감사의 말씀을 드립니다.

나라사랑 정신을 실천하게 한
시 영역 대회를 마치고...

성로제 (Strathfield Girls High School, Year 11)

너무나 아쉽다. 시 영역 대회 교육이 끝났다는 사실에 아쉬움을 느끼고, 무궁무진한 한국의 역사를 많은 학생들과 함께 더 많이 배울 수 없다는 사실에 또 아쉬움을 느낀다. 한국인임에도 호주에 사는 학생으로서 호주의 역사와 호주의 기념일을 챙기던 나에게 이번 시 영역 대회는 많은 교훈을 주었고, 많은 것을 깨닫게 해주었다. 나뿐만 아니라 참가했던 41명의 모든 학생들도 같은 생각을 하고 있을 것이다.

호주에 일찍 유학 오는 바람에 내 나라 한국의 역사를 배울 틈 조차 없었다. 영어 배우랴, 호주란 나라에 적응하랴, 이래 저래 호주 생활에 바쁜 나날을 보내야 했다. 그저 한국 식품점에서 나눠주는 달력에 기록된 3.1절, 광복절, 현충일 등등, 몇 낱말들 뒤에 숨겨진 기념일의 깊은 역사도 모른 채 그냥 아무 의미 없이 넘겨 버렸던 지난 날들을 지금 와서 생각해보면 내 정체성에 의문이 들 정도로 나라사랑 의식이 없었던 것 같다.

우연히 접하게 된 시 영역 대회. '역사 의식과 나라사랑 정신을 심어주기 위한' 대회의 목적을 읽은 나는 너무나 간절히 참가하고 싶었고 선착순으로 학생들을 모집한다는 말에 조급해질 수 밖에 없었다. 다행히 나는 조국 광복을 위하여 헌신한 항일여성독립운동가들에 대해 자세히 배울 수 있는 기회를 얻을 수 있어 정말로 기뻤다.

국기에 대한 경례와 애국가 4절을 열창할 때 온몸에 퍼지던 소름, 간식 먹을 때 느꼈던 희열, 그리고 천영미 박사님이 준비하신 동영상과 근, 현대사 교육을 들으며 느꼈던 분노와 슬픔은 아마 절대 잊지 못할 것이다. 지금의 한국이 존재하기까지 한국이 겪었어야만 했던 비극적이고 처참한 우리의 역사를 난 절대 못 잊을 것이다.

천영미 박사님의 교육과 더불어 최옥자 선생님의 시 낭송 교육과 이진희 통번역사님의 시 영역 교육 그리고 많은 분들의 격려와 축하 덕에 모든 교육을 성공적으로 마무리 할 수 있었다. 또한 매번 이름표를 나누어 주시고 맛있는 간식거리를 제공해 주시던 학부모님들, 교육 때마다 열심히 사진과 비디오를 촬영해 주시던 한성주 작가님, 맑은 목소리로 우리 합창단 (나라사랑 청소년 합창단)을 지도해 주시던 이주윤 선생님도 시 영역 대회를 더 재미있고 의미 있는 행사로 만들어 주시어 참 감사하다.

마지막으로 한국의 광복을 이루기 위해 온몸을 바쳐 마지막까지 굴복하지 않으셨던 여성독립운동가들에 대해 배울 수 있는 기회를 마련해 주신 황명하 광복회 호주지회장님께 정말 감사하다는 말을 전하고 싶다. 시 영역 대회 소집 교육, 영문시집 출간, 시화전 개최, 순국선열의 날 기념행사 등을 마련하여 한국인들의 역사의식을 깨우치고 호주 현지인들이 한국에 깊은 관심을 갖도록 노력하시는 모습이 정말 존경스럽다. 특히 매번 깜짝상 시상으로 선물도 나누어 주시고 근, 현대사 교육으로 약간 무거운 교육장 분위기를 항상 띄워주셨기에 이스트우드까지 가는 길이 그다지 멀게 느껴지지 않았다.

한국의 역사보다 호주의 역사를 더 자세히 알던 내 자신이 참 부끄러워지는 순간이면서도 이로써 한국의 역사 가운데 일부나마 자세히 알게 되어 뿌듯하고 자랑스럽고 고맙다.

　앞으로도 한국인으로서 나라사랑 의식을 일깨우고자 배웠던 것을 복습하면서 차분히 한국의 역사를 되짚어 보는 시간을 갖고 싶다. 정말 의미 깊은 시간을 보냈고, 다시 이런 기회가 생긴다면 100% 참가할 것이다. 더 많은 친구들과 함께 시 영역 대회에 참가하지 못한 게 아쉽지만 함께 한 친구들과 나라사랑 정신을 꼭 실천하고 싶다.

참고문헌

【책】〈가나다순〉

『광주항일학생사건자료』강재언 편, 풍매사, 1979

『(소설)김알렉산드라』정철훈 장편소설 ,실천문학사, 2009

『독립유공자공훈록』1-21권, 국가보훈처

『반딧골문화』제3호, "양방매 기사", 무주문화원 1995

『3 · 1 여성 45년사』3 · 1 여성동지회, 2012

『성재 이동휘 일대기 : 조국광복만을 위해 살다 간 민족의 거인』반병률 저, 범우사, 1998

『柳寬順傳 : 殉國處女』田榮澤 著, 首善社, 1948

『여성운동』박용옥, 한국독립운동사편찬위원회, 천안 독립기념관 한국독립운동사연구소, 2009

『의병들의 항쟁』조동걸, 민족문화협회, 1980

『연동교회 애국지사 16인 열전』연동교회, 2009

『이화80년사』이화80년사편찬위원회, 이대출판부, 1967

『일제강점기 광주문헌집』광주민속박물관, 2004

『(독립운동계의 '3만')정순만』박걸순, 景仁文化社, 2013

『작은 불꽃』전창신, 창조문화, 2003

『제주사인명사전』김찬흡, 제주문화사, 2002

『제주여인상』「옹골찬 제주해녀들의 삶」김영돈, 제주문화원, 1988

『天國에서 만납시다 : 韓國女性 開化에 바친 看護員 宣敎師 徐舒平 一代記』白春成, 著 , 대한간호협회, 1980

『추계 최은희 전집 4』'한국개화여성열전', 최은희 지음, 조선일보사 출판국, 1991

『韓國近代女性運動史研究』朴容玉, 韓國精神文化研究院, 1984

『한국사회주의운동 인명사전』강만길, 성대경 공편,창작과 비평, 1996

『한국의 해녀』김영돈, 민속원, 1999

『한국여성독립운동사』3.1운동 60주년 기념, 3 · 1여성동지회 문화부, 1980

『抗日殉國義烈士傳』吳在植 編, 行政新聞社, 檀紀4291(1958)

『항일의병장열전』 김의환, 정음사, 1975
『抗日學生民族運動史硏究』 鄭世鉉, 一志社, 1975.

【잡지와 논문】

〈김락 열사와 이혜련 선생의 항일독립운동〉(제89주년)3·1절 및 (사)3·1여성동지회 창
립 제41주년 기념 / 3·1여성동지회 주최, 2008, 세미나 자료
〈남만주지역 한인여성들의 항일의열활동〉 윤정란, 3·1 여성. 제17호 (2006), 3.1여성동지
회
〈대동단의 국내활동에 관한연구〉 신복룡, 社會科學論叢. 제27집 (2003. 12), 건국대학교사
회과학연구소
〈도산 안창호의 정치철학에 관한 연구 : 그의 국가·자유·정의·평화의 관점을 중심으로
〉 심옥주, 부산 동의대학교 대학원, 2013.2
〈러시아 지역 항일여성독립운동〉 반병률, 3·1 여성. 제17호 (2006), 3.1여성동지회
〈식민지 한국 여성 차경신의 민족운동 연구〉 윤정란, 한국독립운동사연구, 제21집, 독립기
념관 한국독립운동사연구소, 2003. 12
『삼천리』 제 12권 제6호 "상해조선부인단의 고국산하방문기" 1940. 6. 1
『신동아』 3월호 '전창신 여사', 1965
〈아오내(竝川)장터 만세운동과 柳寬順烈士〉 박용옥, 3·1 여성. 제17호 (2006), 3·1 여성
동지회
〈일제강점기 제주 독립운동의 지형과 독립유공자 현황 분석〉 심옥주, 한국독립운동사연
구. 제46집 (2013년 12월), 독립기념관 한국독립운동사연구소, 2013.12.31
〈일제강점기 여성 간호인의 독립운동에 관한 역사연구〉 김려화 외 간호행정학회지, 2014
〈일제강점기 서대문형무소 여수감자 현황 분석〉 박경목, 2013. 12,.17
〈차경신 여사의 생애와 독립운동, 박용옥〉 3·1 여성, 3·1여성동지회, 제17호, 2006
〈1920년대 민족주의 여성운동의 흐름〉 이배용, 순국, 109(2000.2), 순국선열유족회
〈1920년대 연해주지역 천도교인의 민족운동〉 조규태, 한국민족운동사연구, 제55집(2008.6)
한국민족운동사학회
〈해외 한국여성의 항일독립운동〉 3·1여성동지회, 2003, 세미나자료

【신문】

"광주여자고보생 11명은 감옥에, 열두 명 중 한 명만 방면" 동아일보. 1930. 1.19.
"광주여고보생 다수 퇴학 처분, 사십여 명을 퇴학처분" 조선일보. 1930. 1. 20.

"김인애 지사가 밝힌 전주독립만세운동" 새전북신문. 2008.2.27
"4.8만세 운동과 정명여학교" 전라도닷컴. 2001.10. 3.
"소녀회 장매성 복역 결정" 조선일보. 1930.10.14.
"송세호 종로경찰서에 체포" 동아일보. 1925. 8. 7.
"[박노자 칼럼] '김알렉산드라의 독립운동'" 한겨레. 2003.5.25
"이역에 잠든 항일선열 -만주지방 묘소를 찾아서 1-" 동아일보. 1993.11.12.
"이역에 잠든 항일선열 -만주지방 묘소를 찾아서 2-" 동아일보. 1993.11.13.
"이역만리 흩어진 이동휘선생 가계" 동아일보. 1986. 3. 1.
"정양필 애국지사의 친손자 러썰 모이(Russel Moy) 씨, 할아버지의 고향 108년 만에 돌아
오다" 충북일보. 2013. 5. 9
"천추의 핏자국을 남긴 청강석이 되리라" 문화저널. 1998
"71년 만에 국민훈포장-해녀 독립운동유공자 김옥련 할머니" 경남여성신문. 2003. 10. 22.
"택시에 치여 숨진 「따뜻한 생활의 작가」전영택 씨" 경향신문. 1968. 1.17.
"피 끓는 청년의병 처절한 유격전, 의병 강무경" 동아일보. 1986. 3. 1.
"[홍찬식 칼럼] '순국처녀 유관순' 발굴의 진실" dongA.com. 2014. 9. 4.

【인터넷】

제주사이버삼다관 http://www.jejusamda.com
공훈전자사료관 http://e-gonghun.mpva.go.kr
국사편찬위원회 한국사데이터베이스 http://db.history.go.kr
한국역대인물종합시스템, http://people.aks.ac.kr
민족문제연구소 http://www.minjok.or.kr
국회전자도서관 http://www.nanet.go.kr
한국위키피디어 http://ko.wikipedia.org

여러분의 후원 진심으로 고맙습니다

이 책을 펴내는데 인쇄비를 보태주신
여러 선생님께 진심으로 고개 숙여 감사 말씀 올립니다.
여러분의 도움으로 《서간도에 들꽃 피다》〈5〉권이
세상에 나왔습니다.

(가나다순, 존칭과 직함 생략)

강대원 강연분 공정택 권 현 권효숙 구자관 김순미 김순흥
김슬옹 김영조 김원중 김정륜 김종택 김태영 김호연 도다이쿠코
류현선 리학효 마완근 문관효 민혜숙 박 건 박경목 박남순 박동규
박민선 박정혜 박찬홍 박향순 박희인 박혜숙 방병건 손영주 송경숙
신소연 정상모 정성수 정희진 지미숙 안윤이 양덕춘 양승국 양승현
양인선 이경선 이규봉 이무성 이병술 이상금 이상민 이상직 이선경
이수옥 이순형 이 윤 이향증 이혜영 임선영 유 창 윤수애 윤영묘
윤왕로 윤조자 윤채영 은광준 오경수 차영조 최낙훈 최사묵
최우성 현연숙 홍정숙 황명하

거듭 고개 숙여 여러 선생님들의 아낌없는 후원과 사랑에 감사드립니다.
앞으로도 계속해서 음지에 계신 여성독립운동가들을 밝은 해 아래로 불러내
〈6권〉에 실을 수 있도록 여러분들의 깊은 관심과 후원을 기다립니다.
한 권의 책값도 소중히 여기겠습니다.

▶후원계좌: 신한은행 110-323-678517
(이윤옥: 도서출판 얼레빗)

교보, 영풍, 예스24, 반디앤루이스, 알라딘, 인터파크 서점에서 구입하거나
도서출판얼레빗 〈전화 02-733-5027, 전송 02-733-5028〉에서
주문하실 수 있습니다. (대량 구입 시 문의 바랍니다)

초판 1쇄 2015년 2월 17일 펴냄

ⓒ이윤옥, 단기4348년(2015)

지은이 ┃ 이윤옥

편집디자인 ┃ 페이지메이크(010 5243 0922)

박은 곳 ┃ 동도시엔피(대표 최문상)

펴낸 곳 ┃ 도서출판 얼레빗

등록일자 ┃ 단기4343년(2010) 5월 28일

등록번호 ┃ 제000067호

주소 ┃ 서울시 영등포구 영신로 32 그린오피스텔 306호

전화 ┃ (02) 733-5027

전송 ┃ (02) 733-5028

누리편지 ┃ pine9969@naver.com

ISBN ┃ 979-11-85776-02-6

　　　　　(04810)

　　　　　978-89-964593-4-7 (세트)

값 12,000원